# 至福への招待状

アニー・ウエスト 作

小泉まや 訳



ハーレクイン・ロマンス

東京・ロンドン・トロント・パリ・ニューヨーク・アテネ・アムステルダム
ハンブルク・ストックホルム・ミラノ・シドニー・マドリッド・ワルシャワ
ブダペスト・リオデジャネイロ・ルクセンブルク・フリブール

*The Greek Tycoon's Unexpected Wife*

*by Annie West*



*Published by Harlequin K.K., Tokyo, 2008*

◇作者の横顔

**アニー・ウエスト**　家族全員が本好きの家庭に生まれ育つ。家族はまた、彼女に旅の楽しさも教えてくれたが、旅行のときも本を忘れずに持参する少女だった。現在は彼女自身のヒーローである夫と二人の子とともにオーストラリア東部、シドニーの北に広がる景勝地、マッコーリー湖畔に暮らす。

# 主要登場人物

**テサ・マーロウ**……………元学生。
**スタヴロス・デナキス**…………〈デナキス・インターナショナル〉代表取締役。
**ヴァシリス・デナキス**…………スタヴロスの父親。
**アンジェラ・クリストフォル**……スタヴロスの婚約者。
**ペトロス**……………………スタヴロスの警備責任者。

# 1

自分の邸宅にあふれ返る人々を眺めていたスタヴロス・デナキスは、満足そうな笑みを浮かべた。婚約パーティは計画どおり完璧《かんぺき》だった。

祝いごとにはもってこいの夜だ。エーゲ海をおおうビロードそっくりな黒い夜空には網を広げたように星が輝き、そよ風が熱気をやわらげていた。

バンドが奏でるつつましい音楽を背景に、招待客の楽しそうな笑い声が聞こえる。高級なシャンパンが入った木箱は、次々と空になっていた。

テラスには車椅子の父親ヴァシリス・デナキスがいた。父親は取り巻きとめずらしく笑顔で語っている。スタヴロスがいる場所からも、元気を取り戻しているのがわかった。

今夜、発表すると決めたのは正解だった。着飾った裕福な人々に注目されながら広い階段を下りるアンジェラを、彼は冷めた目で見つめた。優雅で落ち着き払った彼女は、贈られたダイヤモンドの首飾りを当然のように身につけている。ほっそりとした腰が揺れるさまは、まるで誘っているみたいだ。

僕の完璧なフィアンセ。

アンジェラはスタヴロスの仕事関係者の輪に近づいた。事業拡大にとって有益な人々だとわかっているのだ。必要不可欠ではないが役に立つし、時間と労力をかける価値はあると。アンジェラはその美貌《びぼう》と熱心に聞くそぶりで、招待客を魅了していた。

機転と美貌、知性とセクシーさ、大胆さと従順さをバランスよく持ち合わせた彼女は、〈デナキス・インターナショナル〉の代表取締役の妻を立派にこなすことだろう。

「ミスター・デナキス《キリエ》」

振り返ると警備責任者が立っていて、スタヴロスは軽いいらだちを覚えた。マスコミだろうか。ペトロスが来るくらいだから、大事に違いない。

スタヴロスの部下は、今夜のパーティにもぐりこもうとするパパラッチたちを何週間も防いできた。島の上空を飛行禁止区域にしてもらったほどだ。

「なにか問題か？」

さまざまな感情が顔をよぎったあと、ペトロスは不安げな表情を浮かべた。めずらしいことだ。間違いなく問題が起きたと思い、スタヴロスは体をこわばらせた。

「まずいことになりました」

スタヴロスはうなずいた。それはわかっている。

「若い女性が来ています」

女性だと？　邸宅の壁をよじのぼって首を折ったのか？　誰にも見られずに泳いで帰ろうとして溺《おぼ》れたのか？　ともかく、ペトロスのいつも陰気な顔にほかの表情が浮かんでいるからには、事態は深刻なのだろう。「それで？」

「あなたに会わせろ、と言っています」

一瞬、スタヴロスは驚きに目を見開いた。僕に会わせろだと？　どれほどわがままかは知らないが、たった一人の女性を訓練された警備員が敷地から追い出せないとは。どちらも異常事態だ。

スタヴロスは興味を引かれた。「誰なんだ？」

「名前は口にしようとしません」

スタヴロスは眉を上げた。「なのに、彼女は君を悩ませているのか？　報道陣か？」興味深い。

「違うと言っています。プレスカードも持っていませんし、態度もそれらしくありません」

「それで？」まだ先があるのだろう。

「至急お会いして二人きりで話がしたいそうです」

会いたいという変人や競争相手や記者にいちいち

会っていたら、スタヴロスに私生活などない。世界でも屈指の宝石会社を運営する時間もだ。

デナキス家は代々、芸術品のように格調高い宝飾品で知られ、世界各国の富豪をとりこにしてきた。その宝飾品は王族でも選ばれし者しか持つことができず、貴族に至っては所有することが位の高さを示した。それほどの会社を経営するには、献身的な働きと能力と並はずれた商才だけでなく、無情なまでにひたむきであることが求められる。

スタヴロスはいらだちを抑え、ペトロスが差し出した携帯用のモニターを受け取った。画面の若い女性はカメラに背を向けて座っていた。ジーンズとTシャツ姿の彼女はほっそりしており、黒髪を一つにまとめている。背筋は伸びていて隙《すき》がないが、緊張しているわけではなさそうだ。不安を感じていると いう雰囲気はみじんもなく、堂々としている。

自信に満ちた女性の態度を見て、スタヴロスは顔をしかめた。不法侵入した身でなんと傲慢《ごうまん》な。しかし、どこか見覚えがある。知り合いだろうか？

彼は肩をすくめた。いいや、違う。招待していない人物に会うつもりはない。「追い出せ」スタヴロスはモニターを返しながら言った。「時間の無駄だ」

だが、ペトロスは咳《せき》払いをした。スタヴロスはいらいらして眉を上げた。

「お会いすることを検討したほうがよろしいかと」

「その理由は？」

「彼女はあなたの指輪を持っています。家紋の入ったものです」

スタヴロスは体をこわばらせ、警備責任者のいかつい顔を見つめた。家紋入りの指輪は二つとない品で、長年仕えてきたペトロスなら本物と偽物の区別がつくはずだ。たとえ四年も行方不明でも。

「手元にあるのか？」

ペトロスは首を振った。「この目で確認しました。

彼女は指輪にチェーンをつけて首からぶらさげていて、会うまでは手放さないと言ったからです」

女性が何者かを示す手がかりというわけだ。先ほどの好奇心がもう一度こみあげるのを、スタヴロスは感じた。胸騒ぎがする。彼の人生に予期せぬ厄介事などなかった。そのために部下や使用人には気前よく給料を支払ってきたのだ。仕事で挑戦や目標やチャンスが訪れるたび、並はずれた経営手腕と財力、それになによりも強い決意でつねに成功を手にしてきた。

指輪、か。スタヴロスは忘れていた不安という感情がわきあがる中、ゆっくりと息を吸った。

子孫が受け継ぐために、指輪を取り戻すべきだ。祖先が独立戦争で身につけたときも、さらにその前の祖先がビザンチウムにいる皇帝を訪問したときも、すでに古めかしかった指輪を。

だが、指輪には新しい記憶も刻まれている。スタヴロスはそれを忘れてしまいたかった。人生で一度だけ、失敗をしたときのことだからだ。

「来い」彼は騒がしいパーティに背を向けた。「僕の指輪を持っているという女性に会ってみよう」

やっとの思いで島にたどり着いたテサ・マーロウは、押し寄せる疲労感に屈しまいとしていた。彼女は背筋を伸ばし、顎を突き出して、待たされる覚悟をした。

あともう少しで終わる。そうすれば休める。

彼女は白い壁を見まわした。部屋には机と椅子しかなく、まるで取調室のようだ。いやな記憶が突然よみがえり、テサは身震いした。記憶の中の窓のない部屋はきれいでも、静かでもなかった。壁のペンキははがれ、その下のいいかげんな作業が見てとれた。床はざらざらで、がれきが散らばっていた。

それに、むっとする恐怖と痛みのにおいがした。

テサは意識を現在に引き戻した。地球の反対側にあったあの部屋は取り壊され、もはや存在しない。ただし、建物のように記憶は壊せなかった。

テサは深呼吸し、無意識に首にかけたお守りの指輪に触れた。胸の谷間にその重みを感じるとほっとする。つらいときをともにし、絶望の中でも希望を与えてくれたお守りだけど、もう必要ない。

指輪の持ち主が生きていると知ったときは衝撃を受けた。この四年間頭を離れなかった男性が載った雑誌を見つめ、テサは岩のように固まった。空港にいることも忘れていた。

〝将来有望なカップル、スタヴロス・デナキスとアンジェラ・クリストフォル、結婚か?〟

見出しの下の写真には、ナイトクラブに入っていく華やかな二人が写っていた。相手はモデルのようにすてきな女性で、ぴったりしたドレスは胸の谷間をいやらしくない程度に露出させていた。ダイヤモンドのアクセサリーもめだっていた。それなのに、女性は隣にいる男性の前ではかすんで見えた。長身で体格のいい彼はすごみのある目でカメラをまっすぐ見据え、少なからぬ威圧感を与えていた。そして、女性が無視できない魅力を放っていた。

テサは喉を締めつける感情をのみこんだ。驚くほどほっとする彼の手の感触を、私はまだ忘れてはいない。熱い焼き印を押すようだった唇も、自分を見つめるときに暗く陰っていた瞳も。

これほど時間がたつのに、ささいなところまで覚えているなんて驚きだ。彼に見つめられ、興奮で背筋が震えたことさえ覚えている。命の恩人だからだろうか。

テサにとって、彼と一緒に過ごした一分一秒は宝物だった。そのときのことを思い出しては、彼の並はずれた意志の力とさりげないやさしさを心の糧にして生きてきた。

彼が置いていった家紋入りの指輪よりも、はるかに効きめのあるお守りだった。

せわしない足音が聞こえ、もの思いにふけっていたテサは体をこわばらせてスタヴロスに会う心の準備をした。鍵《かぎ》を開ける音がし、ドアが勢いよく開いたかと思うと、彼が現れた。

テサは大きく目を開いた。実物のスタヴロスは記憶にあるよりも大きく、広い肩は戸口をふさいでいた。ドアノブを握りしめる手の関節は白い。

彼は衝撃を受けたかのように息をのみ、彫刻のような顔に険しい表情を浮かべた。暗くうたぐり深い目はテサを突き刺すようだ。テサの頭のてっぺんから爪先までを見つめながら、彼は目を細くした。

スタヴロスの鋭い視線を受け、テサは顎を上げて彼の目を見つめ返した。

懐かしい感覚が体を駆けめぐる。鼓動が速まり、息苦しいほど胸が締めつけられ、興奮に体が震えた。

暗闇《くらやみ》の中で目隠しをされても、彼がいることはすぐにわかっただろう。初めて出会ったときも、テサは同じ感覚を味わった。今も昔と変わらなくても、不思議には思わなかった。

スタヴロスは大股にテサに近づき、小さなテーブルの前で足をとめた。「誰なんだ?」彼は英語で尋ねた。低くささやいただけなのに、声には答えずにいられない迫力がにじんでいた。

「テサ・マーロウよ」急に口の中がからからになり、テサはごくりとつばをのみこんだ。

スタヴロスはさっと体を引いた。沈黙が流れる。彼はふいに身をかがめて、両手の拳《こぶし》をテーブルについた。顔を近づけられ、テサは椅子の中で縮こまりたい衝動をこらえた。落ち着こうと深呼吸する。

だが、代わりに別の感覚が体を駆けめぐった。誘惑するような彼の香りがかすかに漂い、体の奥で女らしいなにかが渦巻きはじめたのだ。

「覚えていないの？」緊張で声がかすれた。

細くなったスタヴロスの瞳は黒曜石のように黒くきらめいていた。テサを知っているという雰囲気も歓迎の意もない。そこには疑惑と怒りだけがあった。

「君は誰なんだ？」スタヴロスはもう一度きいた。

「言ったでしょう？　テサ・マーロウよ」

スタヴロスはテーブルをたたいた。「嘘《うそ》だ！　テサ・マーロウは四年前に死んだ」

二人の間に緊張が走り、テサは息もできなかった。驚かれるのは予想していたが、波のように怒りが押し寄せてくるとは想像もしていなかった。彼女は硬い椅子の背に体を押しあてた。

勇気をふるい起こし、不思議なほど落ち着き払った声で言った。「誤解だわ。私は怪我《けが》をし、意識を失った。でも、それだけよ」

スタヴロスはまばたき一つせず、テサを見つめた。

「証明してくれ」

テサは首にかけたチェーンをたぐり寄せ、大切にしてきた指輪に触れた。一瞬ためらってから、チェーンを引っぱっててのひらにのせる。

相変わらずスタヴロスはテサを凝視していた。二人の間には火花が散っているようで、爆発が起きないのが不思議なくらいだ。

スタヴロスがテサの目からてのひらの指輪へと視線を落とす。彼の鋭い視線から解放され、テサはぐったりと椅子に体をあずけた。

彼が息をのむ音が聞こえた。やっと信じてもらえたのだ。

信じられないという顔で、スタヴロスはほっそりしたてのひらに置かれた指輪を見つめた。

生まれたときから見てきた指輪は、どこにあっても見分けがついた。金の部分は古ぼけているが、欠けたところはない。中央の精巧な絵は、ライオンを追いつめる二輪戦車に乗った狩人《かりゅうど》だ。それは太古から権力を持つ人間を表す象徴だった。デナキス家の紋章でもあるその戦車と狩人は、アテネ、パリ、ロンドン、ニューヨーク、チューリッヒと東京の〈デナキス・インターナショナル〉の店舗の扉を飾っていた。

スタヴロスは手を伸ばし、絵が刻まれた指輪の表面に触れた。温かい手に触れられ、テサが震える。彼女も緊張しているようだと、スタヴロスは思った。突き出した顎と揺るぎない視線は自信満々にしか見えないが。

もう一度指輪に意識を戻した。間違いない。指輪はれっきとした本物で、安っぽいチェーンとは不つり合いだった。彼は顔をしかめた。なにがあったのか、説明してもらわなければ。

指輪を手に取り、スタヴロスはもう一度テサの手を指でかすめた。しかし、今度はさっと手を引っこめられてしまった。彼の手に指輪が残る。

指輪を観察するふりをしながら、スタヴロスは注意深くテサを見つめた。胸はせわしなく上下に動き、やわらかな呼吸が聞こえる。石鹸《せっけん》の香りはなじみのある高級な香水よりもなぜか刺激的だった。

スタヴロスは指輪を離した。みすぼらしいチェーンが地味なTシャツにぶつかるのをじっと見つめてから、テサの顔に視線を戻した。

心の準備が整った今でも、彼女の姿には呆然《ぼうぜん》としてしまう。部屋に入ったとき、スタヴロスは幽霊を見ているのかと思った。思わず足がとまり、吐き気がこみあげそうになった。

テサ・マーロウは四年前、十人以上の命を奪った砲撃で死んだ。死亡証明書の写しだってある！　正式にはもはや存在しない女性なのだ。彼女が亡くなった日の道路と車がめちゃくちゃになった光景は、今も目に焼きついている。

それなのに、彼女はここにいる。五体満足な姿で。スタヴロスは背筋に衝撃が走り抜けるのを感じた。

間違って身元確認された女性は誰だったのだろうという疑問が一瞬、頭の片隅をよぎる。ここにいるのは、間違いなくテサ・マーロウだ。高い頬骨、優美な首筋、ハート形の顔、華奢《きゃしゃ》な体つき。そして、あの瞳。

緑色の瞳は数多く見てきたが、テサほど澄んだエメラルド色の瞳は見たことがなかった。最高級の宝石の色だ。収集家たちが莫大《ばくだい》な金を出して求めるような、極めてまれな輝きだった。

彼女はテサ・マーロウだ。間違いない。

だが、以前とはどこかが違う。どこか重苦しい雰囲気が漂い、輝くような瞳は望む以上に人生の辛苦を味わったとほのめかしているみたいだ。体つきも変わった。最初に会ったときからほっそりしていると思っていたが、今は触れたら壊れてしまいそうだ。

それでもやわらかく形のいい唇は、愛らしい顔の真ん中でスタヴロスを誘っているようだった。

彼はその唇を忘れることができなかった。出会って以来、何カ月も夢に出てきたのだから。

「なにをしに来た？」うなるような声を喉から出す。

テサが目を見開いた。

久しぶりだから歓迎されるとでも思ったのか？疑問や非難なしに受け入れられるとでも？彼女もそこまでうぶではないだろう。僕の顔に泥をぬった人間は、必ずそのことを後悔するのだ。

「返しに来たの。指輪を」テサはそう言って、チェーンの留め金をはずした。そこから指輪をはずして差し出すのに、いやに時間がかかった。

差し出した手は震えていた。

「どうして今さら返しに来た？　どんな事情があるというんだ？」

テサはいかにも困惑したように眉を寄せた。「指輪はあなたのだもの。こんなに長く持っていてはいけなかったのはわかっている。できるなら、もっと前に返しに来ていたわ」テサは手を突き出した。

「連絡するのにまる四年もかかったと、本気で言うつもりかい?」スタヴロスの荒々しく怒りに満ちた口調に、テサの手が震えだした。

しかし、スタヴロスは良心の呵責《かしやく》を覚えなかった。この女性は同情に値しない。何年も僕を裏切りつづけていたのだから。

テサの温かい手に触れて心がほだされそうになった自分を、スタヴロスは認めまいとした。体は反応していたが、本能を理性で抑えこんだ。

彼女がどんな作戦に出ようと、スタヴロス・デナキスを出し抜くことなどできないのだ。

「信じられないな」彼は傷ついた目をするテサを無視した。彼女は無垢《むく》ではないと、自分に言い聞かせる。他人と違う好奇心をそそるやり方で、僕の財産を手に入れようとしているだけだ。

「本当なの」テサは答えた。「あなたのことを知って、来ずにいられなかったの」

当然だろう。僕の正体を知るが早いか、すっ飛んできたに違いない。今までわからなかったのが不思議なくらいだ。だが、僕の身元を確認してからと思ったのだろう。僕の個人資産がいくらあるのか調べていたのかもしれない。

テサの下唇が震えたかと思うと、ぴたりと動きがとまった。胸を張ってスタヴロスをまっすぐに見つめる姿は、潔白を絵に描《か》いたようだ。「私は都合の悪いときに来たのね。悪気はなかったの」彼女は手を引っこめようとしたが、スタヴロスは放さない。

「指輪は返したし、もう帰るわ」

本当にそのつもりだろうか? いいや、今からマスコミに話を売りこみに行くに違いない。そうはさせるものか!「悪いが、それは無理だ」スタヴロスはつぶやいた。

「私は歓迎されていないんでしょう？　それくらい、見てわかるわ」

「そのとおりだ。だが君に好き勝手させるほど、僕はばかじゃない」反論しようと口を開いたテサを、すばやい手の動きで制する。「もういい！　なにも知らないという演技はたくさんだ。君の話をすべて聞くまでは……和解金の額が決まるまでは僕の私有地から出ないでもらおう」

「和解金ですって？」かぶりを振るテサは、すっかり面食らっている。

この四年間ですいぶん演技がうまくなった。出会ったころは考えも感情も、驚くほどわかりやすかったのに。それが今では名人級の嘘つきだ。「そうとも、和解金だ。大事な時期なんでね」スタヴロスはにやりとして握った手に力をこめた。「妻が生きていたら、婚約を祝うはずがないだろう？」

## 2

テサは大きく息を吐いてスタヴロスを見つめた。彼が婚約しているのは覚悟していたものの、実際に口にされるとやはり動揺し、胸にぽっかりと穴があいた気がした。

ばかげた反応だ。私の人生にスタヴロスは関係ないのに。彼がほかの女性とどうなろうと、私が口出しすることではない。

でも、彼は私を妻と呼んだ。それもまたばかげている。妻でないことは、二人ともわかっているのだから。

スタヴロスがゆがんだ笑みを浮かべ、テサはたじろいだ。猛獣のような表情に、この場から逃げ出したくなる。彼の力強い白い歯が首に食いこむさまが、首を絞められて息の根をとめられるようすが頭に浮かび、テサは恐怖とはなにかを知った気がした。

けれど、すぐに論理的に考えた。怒り心頭だろうと、スタヴロスは分別のある人間だ。今までもそうだった。「痛いわ」テサは静かに言い、燃えるようなスタヴロスの目を見つめた。

彼はまばたきをしてから手を放した。ふたたび手に血が通い、テサはぎょっとした。重たい金属音が響き、転がり落ちた指輪がテーブルで円を描く。テサは震える手を急いで膝に戻した。それからびりびりとしびれる場所をさすった。

「すまない」スタヴロスの声に感情はなかった。

だがテサはすでに頭をめぐらせ、先ほどの彼の言葉を思い出していた。「あなたは結婚するのね？」

「おかしいかい？」しかし、テサに投げかけたスタヴロスのほほえみはまったくおかしそうではなかった。「妻も婚約者もいるという、ありえない状況におかれている僕が」

急にめまいがして、テサはぎゅっと目をつぶった。いったいなんの話？　彼の言うことはまるで理解できない。衝撃と睡眠不足で頭がさっぱり働かないせいだろうか。「どう……答えていいのかわからないわ」

「そうかな？」スタヴロスの低い声はあざけるようだ。「驚きだな。とっくに計算していると思っていたよ。何ドルだ？　それともユーロがいいのか？」

「なんの話をしているの？」テサは頭を振った。部屋がぐるぐるまわり、視界がぼやける。座っていてよかったと、彼女は思った。

彼は明らかになにかをほのめかしている。私をとがめているようでさえある。だがテサは頭がぼんやりしていて、きちんと考えられなかった。

スタヴロスをさがす前に、アテネできちんと睡眠と食事をとって体力の回復を待つべきだった。テサは南米からアメリカを経由して、ギリシアへ飛んだ。それからアテネの喧噪《けんそう》を抜けて港を見つけ、サロニック湾に浮かぶこの島にフェリーでやっと到着したのだ。永遠にかかるかと思ったほどの長旅だった。

テサは疲れきっていた。スタヴロスが生きていると知った衝撃と漠然とした緊張のせいで、退屈な空の旅でも空港で次に乗る飛行機を待っている間も眠れなかった。長時間休まなかったつけが今、まわってきたらしい。

テサはテーブルの端を両手でぎゅっとつかんだ。そして、初めて味わうけだるさを振り払おうと背筋をぴんと伸ばした。憤慨しているスタヴロスの相手をするつもりはない。記憶の中の彼とは全然違うから。私は思い出を美化していたのだろうか？

過去を葬って、なにもかも忘れろという臆病《おくびょう》な心の声に従い、オーストラリアへ逃げ帰るべき？

「いいかげんにしろ！」スタヴロスがぴしゃりとテーブルをたたき、テサはびくっとした。「遊びにつき合っている時間はないんだ。君がここに来た理由はわかっている。言葉をにごす必要はないだろう」

スタヴロスは顔を近づけ、濃いグレーの瞳でテサをさぐるように見た。押し寄せる憎悪がテサの肌に突き刺さる。彼はテサを恫喝《どうかつ》し、屈服させようとしていた。

テサは椅子を後ろに押し、テーブルにつかまりながら立ちあがった。膝は使いものにならないほどがくがくしている。

「どこへ行く？　話が終わるまでは出さないぞ」

それはいつ？　彼の怒りはつきそうにない。「対等でいたいだけよ」テサは静かに答えた。敵意に対するいちばんの対応は落ち着いた態度をとることだと、彼女は苦い経験から学んでいた。

険しい目つきは変わらなかったが、スタヴロスはほんの少しテーブルから離れた。それだけでも、テサは呼吸が楽になった気がした。

「それで、君はいくら欲しいんだ?」

「いくらって?」

「ちくしょう!」スタヴロスは天井を見あげた。

「これ以上君のゲームにはつき合えない。こんなに簡単な質問なのに、ちゃんと答えられないのか?」

「質問の意味がわかれば答えるわ」テサは手を上げてスタヴロスの言葉をさえぎった。「なにももらうつもりはないと言ったら、少しはあなたの気も休まるかしら? 私は指輪を返しに来ただけよ」

テサは指輪を見おろし、目をしばたたいた。感傷的になるなんてばかげている。お守りはもう必要ない。テサは顔を上げてスタヴロスを見つめた。

「用事はもう一つあるの」疲労がどっと押し寄せ、ふらふらしながらテサは言った。

「そうだろう。やっと本題か」スタヴロスは軽蔑《けいべつ》の表情を浮かべ、官能的な唇を冷笑でゆがめて腕を組んだ。見事な仕立てのジャケット越しでも、力強い体からは男らしさがにじみ出ていた。

テサは頭を振ったが目の焦点が合わなくなり、やめておけばよかったと思った。「お礼を言いに来たの」そう言って、手を差し出す。

スタヴロスは不意をつかれたようだ。

「あなたがいなければ、私は死んでいた。あなたは私の命の恩人よ」テサはためらいがちにほほえんだ。「そのお礼を言えずにいたけど、忘れていなかったことを知ってほしくて。感謝しているわ」

「なんの冗談だ?」スタヴロスは眉間《みけん》にしわを寄せ、テサの手を無視した。表情が怒りで曇っていく。

テサはがっかりして手を戻した。邪険に拒まれ、力を落とす。ここ数日突き動かされてきた緊張感が突然消え、足場をなくして宙ぶらりんになったような気がした。

座って気を取り直し、力を取り戻すべきだった。だが、テサは彼に見つめられて動けずにいた。

「そんな作り話をしに来たとはあつかましい。君は僕をばかにしているのか？」

テサは殴られたようにおなかが引きつるのがわかった。それほどスタヴロスの抑制された怒りはすさまじかった。彼女は歯を食いしばり、かっとなるのをこらえた。「それなら言うことはないわ」彼から視線を引きはがす。謝意さえも受けてはもらえなかった。でもそれは彼のせいで、私は悪くない。

思いやりも人を信じる気持ちもなく、失礼な態度ばかりとるなんて、どういう人なのだろう？

「もう行くわ」テサはバックパックを取ろうと振り向いた。めまいがして、体がふらつく。

「片がつくまでは敷地内から出さないと言ったはずだ」スタヴロスはテサをにらみつけた。鼻孔をふくらませ、歯を食いしばっている。

「言いたいことは言ったわ」彼をののしりたい衝動に駆られ、テサは口をつぐんだ。「話は終わりよ。指輪は渡したから、もう帰るわ」

「そして、パパラッチのところへ直行する気か？」

「冗談じゃない」

私がなにを話すと思っているの？　テサには今夜の宿泊場所をさがすというもっと別の心配事があった。現金は残っているかしら？　南米を出たときは、ギリシアに来ると思っていなかった。

結局、ばかげた衝動でしかなかったけれど。

「なにも話したりしないわ」テサはなだめるように言った。「かっかするのをやめて、私を通して」

スタヴロスがゆっくりと首を振った。彼の目から疑惑と言葉では言い表せない感情を読み取り、テサはぞっとした。

「私をここにとどめる権利なんてないはずよ」こみあげてくる不安にもかかわらず、テサの声はまるで遠くから聞こえるようにくぐもっていた。

スタヴロスが悪意に満ちた笑みを浮かべた。「いとしい妻を長い間奪われていた夫の権利はどうなる?」彼はささやき、一歩前に出て力強い体をテサに押しつけた。その体から発する熱に、テサは服が焼けこげてしまうのではと思った。スタヴロスの恐ろしい表情に、息をのむ。「ギリシアでは、夫の責任も権利もとても重要視されるんだ」

スタヴロスの目にはとてつもなく熱いものが浮かんでいた。テサは興奮で震えが体を走り抜けるのを感じた。その反応がなによりも怖かった。

「彼女がどういう人と婚約したか、わかっているといいわね」テサは顎を上げ、スタヴロスをにらんだ。けれど、自信満々な彼に勝てる見込みはなかった。

「いいかげんにしろ!　これでは堂々めぐりだ」

「私も同意見よ」テサはバックパックにじりじりと近づいた。そのとたん大きな手で肘をつかまれ、つかいに立っていられなくなった。

部屋が激しく傾く中で、理解できないののしりの言葉が立て続けに聞こえた。スタヴロスの不信感をあらわにした大きな目が揺らぐのが見える。

テサはめまいに備えて膝に力を入れた。だがスタヴロスはかがんで彼女をかかえたかと思うと、広い胸に押しつけるようにして持ちあげた。

彼はテサを包みこんでいた。力強い腕が体にまわされ、テサを支えている。目はきらめき、彼女の心の奥底までのぞきこんでいるようだ。隆起した筋肉から尊大に突き出た鼻まで、スタヴロスはすべてが支配者然としていた。強情そうな顎にうっすらと広がるひげのそりあとさえも、野性的な男らしさを強調していた。

落ち着かない気持ちになり、テサは神経をとがらせた。スタヴロスの表情のない顔を見つめて、その原因は香りだと気づく。ぴりっとした松と粗野な男性の香りは甘く誘惑的で、心をそそられた。

　胸の奥で激しく打つ心臓の音が、テサの耳の中で鳴り響く。世界じゅうに二人しかいない気がして、テサは口の中がからからになった。もっと彼に近づきたい……。

「平気よ」テサはささやいたが、自分の声がいやに甲高いことに驚いた。「自分で立てるわ」

　だが、言うだけ無駄だった。

「君は断食でもしていたのか？」大きな手がテサの胸の真下をさぐった。肋骨《ろっこつ》を数えるかのように行ったり来たりする。スタヴロスは眉を恐ろしい角度に上げた。「最後に食べたのはいつだ？」

「機内でよ」大西洋の上で、テサはコーヒーを一杯とクラッカーを食べた。飛行機は相変わらず苦手で、それくらいしか胃におさめられなかった。

　テサはスタヴロスの日に焼けた顔と、憤慨してぎらぎらしている目を見た。まるで誰かに心臓をつかまれているように、胸が締めつけられる。

「まったく！　どういうつもりだ？　君は堂々と現れておいて、同情を誘うために僕の前で倒れたのか？」

　テサは体をよじってスタヴロスから逃れ、立ちあがろうとした。けれど、彼はしっかりとテサをつかんでいた。

　怒りがこみあげるのを、彼女は感じた。こんな扱いを受ける筋合いはない。正しいことをしようと、はるかギリシアまでやってきたのに！　ギリシア人はもてなし好きで名高いのではないの？

「同情してもらうつもりはまったくないわ、ミスター・デナキス」テサは吐き捨てるように言った。幻滅が舌に苦く残る。「いったいなんなの？　私たちはどういう関係でもなかったわ。初めからね」スタヴロスが口を開いたが、テサは続けた。「記者に会うつもりなんて毛頭ないわよ」乾ききった口をうるおそうと、唾《つば》をのんだ。今だけは元気にふるまっているが、長くは続きそうにない。「お願いだから放してちょうだい」

一瞬、スタヴロスの目に困惑の表情が浮かんだ。しかし、それはあっという間に傲慢《ごうまん》な表情へと変わった。彼は鼻孔をふくらませ、眉を上げてテサを見おろした。「すばらしい演技だ、お嬢さん。実に巧妙だ。でも、お互いに演技だということはわかっているはずだよ。僕たちは離れられない。関係をどうやって絶つのがいちばんいいか思いつくまではね」

スタヴロスが勢いよくドアの方に体を向けた。

「話の続きはもう少し快適なところでしよう。これ以上ここでは話したくない」

彼がよそを向いていたので、テサは鋭く角張った顎と鋭い頬の輪郭、形のいい耳を見つめた。

記憶にある男性の顔なのに、怒っているせいで別人のように見える。一瞬テサは、スタヴロス・デナキスには邪悪な双子の兄弟でもいるのだろうかと考えた。それとも、四年前に出会った男性は替え玉だったのだろうか？

いいえ、彼はスタヴロスだ。近くにいるだけで私は鼓動が速まり、怒りにかすかな切望がまじってしまうのだから。ぞっとするが、事実だった。テサはほかの誰にもそんな反応をしたことがなかった。一緒にいると自分が女性であることを意識してしまう唯一の相手が、自分勝手で気むずかしい人でなしだったなんて！　皮肉よね。

「この状況がおもしろいのか？」スタヴロスの低い声が響くのを、テサは聞くというより肌で感じ取った。「用事がすむころには、君は笑っていられないだろうな」

「いいえ！」テサは声が落ち着くのを待った。「乱暴に扱われるのをおもしろいとは思っていないわ」

大股に歩いていたスタヴロスが足をとめ、テサを見つめた。頭上で光る明かりが後光のようで、彼は復讐《ふくしゅう》に燃える天使みたいに見えた。なにを考えているのか、その目からはわからない。「僕を脅しているのか？」彼はそっと言った。「訴訟を起こすつもりなのか？」

その声にひそむ抑圧された怒りに、テサは身震いした。抱擁から身をよじって抜け出したいというばかげた衝動を、ぐっとこらえる。彼は平気で腕力に訴えるだろうと、本能的に察したからだ。

「法廷で争うことに興味はないわ。でもだからって、私を手荒く扱えると思わないで」テサは勇気をなくす前に、すばやく一呼吸した。「下ろしてもらえるとうれしいわ。自分で歩きたいの」

スタヴロスはまるで新しい追従者を見る王子のような尊大さで、テサをじっと見つめた。あまりにもきつく非難めいた視線に、テサは頬が熱くなるのを感じた。

彼の口元に満足げな笑みが浮かんだ。しかしテサが気づくが早いか、それは消えた。「僕のやり方に従ったほうが、君も楽だぞ」

そしてスタヴロスはテサの言葉を無視し、軽々と彼女をかかえたまま長い廊下を闊歩《かっぽ》していった。

いくつか扉を通り過ぎて角を曲がると、建物の外にある屋根つきの通路に出た。夜のそよ風が肌に触れ、テサは胸の高鳴りを静めようと深呼吸をした。どこからかおおぜいの人々の楽しそうな声が聞こえてくる。楽器の音もした。

パーティが開かれているのだ。スタヴロスが客をもてなしているときに、私は来てしまったようだ。聞こえる限りでは、家族だけの集まりではない気がする。だから、私を見て彼は緊張したのだ。そのあとの行動の意味はわからないけれど。

ずっと憧《あこが》れてきた男性が弱いものいじめをするいやな人間だったと知って、テサは熱い涙をこらえた。なぜすてきな人だなんて思いこんでいたのだろう？　どっちでもいいことだ。明日になれば、二度と会うことはない。

通路はさらに大きな建物へとつながっており、スタヴロスはまっすぐにそこへ入っていった。建築家が設計したらしい邸宅と先ほどの実用的な部屋に、似たところはまったくなかった。邸宅は控えめだが贅沢《ぜいたく》な造りで、生花の香りが立ちこめ、洗練された家具が見事な具合に配置されている。ゆったりとしていて豪奢《ごうしゃ》で、巨富を持つ人間にふさわしい。

雑誌の記事に嘘《うそ》はなかった。スタヴロスはテサの想像をはるかに超える財産の持ち主だった。二人の世界は決してまじわらない。そう気づいたテサは背筋に寒気を感じ、彼の腕の中でうなだれた。

出会ったときから、スタヴロスはほかの男性と違っていた。絶対的な自信、ごく自然に主導権を握るところ、とんでもなく危険な状況でも瞬時に決断を下せる能力……彼に救われたあの日、テサはそのすべてをありがたく思った。だが、今になってわかった。スタヴロスは他人に指図するのに慣れていて、なんでも手に入れられる富を持っていただけなのだ。

そのとたん、テサが大事にしてきた夢はずたずたに引き裂かれた。拷問と死の脅威から自分を救ってくれた男性に、彼女はひそかに情熱的な空想をふくらませていたのだった。

四年間、テサはスタヴロスのようなすてきな男性に出会えることを夢見ながら困難を乗り越えてきた。そういう相手に会えたら、義務でなく欲望を感じてほしかった。

愛されたいという願いがかなわないのはわかっていた。しかし何度悲劇を経験しても、テサはいまだにそんな日がくると信じていたのだった。

スタヴロスは来客用のスイートルームの居間に入

った。ここは自分の部屋にいちばん近い客室だった。テサが引き起こした不愉快な問題を解決できるまでは、目の届くところに置いておかなければ。

テサは腕の中で人形のようにぐったりしており、無抵抗だった。無駄に暴れるのはやめたようだ。

彼女に逃げようとする元気があることがわかって、スタヴロスはほっとした。優美な顔は目だけがひときわ大きく、体はやせ細っていて今にも壊れそうだったからだ。だが、テサは思ったより力強かった。もちろんスタヴロスを押しのけるほどではなかったが、瀕死《ひんし》の状態というわけではなかった。

今以上に面倒な事態はごめんだ。

状況はすでに複雑になっていた。緑色の瞳を見つめるたびにじりじりした興奮を覚える。テサの石鹸《せっけん》の香りをかぐと体が熱くなる。テサが腕にすっぽりおさまっていると考えただけで燃えあがりそうになるのだ。怒りとはまったく関係のない本能的な衝動だった。

だがスタヴロスは、ずるくて無節操なご都合主義者に惹《ひ》かれているとは認めたくなかった。

しっかりと抱き寄せたテサのやわらかな髪が首筋に触れたときは独占欲に満ちた喜びを感じたが、そんなものは幻想にすぎない。テサをもう一度、目のあたりにした衝撃のせいだろう。ほかに理由は考えられない。

それでも、早いうちにテサから離れるべきだ。やせ細っていてもテサの体は女らしい曲線を描いており、さぐりたくて手がうずく。

スタヴロスはテサを近くのソファに下ろし、さっと一歩下がった。テサの香りが鼻に残り、高ぶった神経を刺激するのがいらだたしかった。女らしい体を抱きしめていたせいで、体温も上昇していた。

なんてことだ！

彼はテサに背を向けて内線電話をかけ、刺々《とげとげ》しい声でコーヒーと食事とウゾという蒸留酒を頼んだ。この問題を解決するには時間がかかりそうだ。だが、今は時間がない。なんといっても、僕は婚約パーティに戻らなければならないのだから！

怒りがこみあげてきた。よくもこんな状況に追いこんでくれたものだ。スタヴロスはテサを手ひどく非難しようと振り返った。しかし、言葉は喉のところでつかえてしまった。

テサは横を向き、頭をソファのクッションにあずけて声もたてずに泣いていた。頬に流れてこそいないものの瞳は涙であふれんばかりで、ランプのやわらかな光の中で水晶のように輝いていた。

彼女は取り乱しているようだ。罪悪感が波のように体を突き抜けたが、スタヴロスは即座にそれを押し殺した。テサは同情してもらおうと演技しているだけだ。しかし頭ではわかっていても、スタヴロスは彼女を哀れに思った。

初めて会ったときのことが、いやでも思い出された。遠くに聞こえる銃声。悪臭のする小さな監房。そこは静かで、恐怖と絶望が空気中に漂っているかのようだった。当時もテサは目に涙をためていたが、まばたきをして泣くのをこらえると立ちあがって身構えた。監房でどういう扱いを受けてきたかは、その姿を見ればじゅうぶんだった。絶望の中で最悪の事態を予測しながらも、テサは闘うつもりでいた。

スタヴロスは瞬時に反応した。悲惨な状況からテサを救わなければと思っただけではない。魅力的な顔とすばらしい体に心をそそられてもいた。

やめろ！　二度と思い出したくない記憶だ。四年前になにがあろうと、彼女が今ここにいる理由は明らかだ。僕から取れるだけ取ろうという魂胆なのだ。

女性ならではの感情表現にだまされるほど、僕は間抜けではない。涙を流しただけで、僕を思うままにできると思ったら大間違いだ。

「聞こうじゃないか」スタヴロスは拳《こぶし》を腰にあて、威嚇するように言った。テサがびくっとするのは無視した。「君が望む金額はいくらだ？」

テサはまばたきで熱い涙をこらえ、感情的になった自分を責めた。この男性の前で弱みを見せるなど、いちばんしたくないことなのに。「いくらでもないわ」スタヴロスの険しい視線を避けるように、遠くにある華やかな抽象画を見つめた。

「もう我慢ならない」彼はどなった。「ねばっても金額は増えないぞ。いや、僕を待たせれば待たせるほど、最終的な金額から差し引いてやる」

テサは顔をしかめた。「どういう意味？」

ギリシア語でののしったかと思うと、スタヴロスは大柄な体をテサが座るソファに割りこませた。大きな手でテサをつかみ、自分の方を向かせる。

彼は怒り狂っていて、残忍で、危険だ。そして、見たこともないほどセクシーだ。

混乱するあまり、テサは声も出なかった。

「教えてくれ」静かな声はどなり声以上にテサを震えさせた。「君を自由にするにはいくらかかる？」

「私は……一ドルもいらないわ」テサはかすれた声で言った。彼は私を痛めつけるのだろうか？

テサの手首を握りしめるスタヴロスの手に力がこもった。彼は歯を食いしばり、突き刺すような目でテサを見た。「婚姻無効の宣告か離婚か、どちらか早いほうの手段で僕は自由を手に入れるつもりだ。法的拘束力のある完璧《かんぺき》な契約を結んだうえで、君には黙っていてもらうために妥当な金額を払うよ」

その言葉を聞いて、テサは目を大きく見開いた。話が理解できなかった。どうかしている！

「必要ないわ。私たち、結婚していないもの！」

「結婚していたさ。でなければ指輪を持ってないだろう。金目的以外でここに現れるはずがない！」

頭を振ると部屋がぐるぐるまわる。スタヴロスの両手が体を支えてくれるのを、テサはありがたく思った。「式を執り行った人は牧師じゃなかったわ。私を逃がすためのでっちあげだったんだもの！」

スタヴロスの突き刺すような視線に、テサはおなかの奥でなにかがねじれた気がした。一瞬、彼の顔に疑いの色がよぎる。

だが次の瞬間、スタヴロスは残忍にさえ聞こえる口調でゆっくりと正確に話した。

「彼は牧師ではなかった。しかし地元の治安判事で、法的に結婚を認める権限があった。すべてが合法的に執り行われ、証人もいたんだ」

テサは口を開けて息をし、反論しようとした。ところが無慈悲にも、彼の言葉はとまらなかった。

「結婚式は法にのっとったものだった」スタヴロスは言った。口元は苦々しくゆがみ、目には嫌悪がありありと浮かんでいた。「僕たちは夫婦なんだよ」

## 3

テサは自分の早鐘を打つ心臓の音が、冷たい静けさの中に響き渡っている気がした。空っぽの胃がよじれるのを感じる。「冗談を言っているんじゃないのね？」やっとのことで、テサはささやいた。

スタヴロスはあざけるように眉を上げた。「こんな冗談は言わない」ソファにもたれて腕を組む姿には、疑いといらだちがにじんでいた。

それなのに、テサは彼に触れられた場所が熱くてたまらなかった。絶望に駆られ、思わずきく。「本当に？　あの日はいろいろなことがありすぎたでしょう？」

「君の驚き方には感動するよ」彼はささやいた。

「だが、僕のために演技を続けなくてもいい」

スタヴロスの皮肉に、テサはたじろいだ。

「僕はそんな間違いを犯さない」一呼吸おき、目を細くした。「正式な結婚証明書もある」

テサはソファに身を沈め、頭をフル回転させた。

私は四年間も結婚していたの？　衝撃的な事実に、胸に手をあてる。この人と？

「でも、どうして治安判事に頼んだの？　本当の結婚じゃなくてもよかったのに。ただ私を……」

「牢獄《ろうごく》から出せればよかった？」明らかに軽蔑《けいべつ》する口調は、凍《い》てつくような目とゆがんだ口元によく合っていた。批判をこめて、テサを見下している。

「あかの他人ならそうしたはずだわ」テサは負けずに言い返した。二人が本当に夫婦なら、とんでもない事態になったのは彼のせいだわ。「私と正式に結婚する必要はなかったのよ！」

「言っておくが」スタヴロスの目には怒りがひそんでいた。「ほかの選択肢が一つでもあったなら、そっちを選んでいたよ」

鋭い視線に縛られ、テサは息をするのもむずかしかった。肺に空気が入ってこない。

「君は気づいていないようだが」彼は続けた。「サンミゲルのような小さな町で、外国人を刑務所から救うために偽証してくれるほど親切な人間はそういない。看守を説得して君に会うだけでも大変だったんだ。刑務所内で結婚式を挙げるしかなかった」

めまいがして、テサは目をつぶった。まさに悪夢だ。自分のせいで命を失ったと思っていた男性に、もう一度会いたいなどと思わなければよかった。

「正式に結婚するしかなかったのさ」スタヴロスはテサのすり減った神経をさらに逆撫《な》でした。「君もちゃんと知っていると思ったよ」

テサは目を開けた。また同じ議論をするつもりね。彼の疑いは消えることがないようだ。「知らなかったわ。今、あなたに言われるまで」

スタヴロスが不信感をあらわにし、彼を説得するのは一生無理だろうとテサは思った。どうしても私にだまされたと思いこみたいようだ。これほど奇想天外な話でなければ、大笑いしている。私が高慢な億万長者を誘惑してだますだなんて。まさか！

「どうしてあのとき言わなかったの？」

スタヴロスは首を振った。「看守たちにも聞こえる場所で、正式に結婚しておいてあとで解消しようと言うのか？　元も子もなくなるだろう」

にらみつけられるたびにくらくらし、テサは目をぎゅっと閉じた。一人になって息を整えたら、解決策を思いつくはず。私は逆境に強い人間だ。生き延びるすべを何年もかけて身につけてきた。相手が結婚証明書を手にした、尊大で怒り狂ったギリシア人の大富豪でもわけはない。そうよね？

テサは拳《こぶし》を作り、事態に対処する力を振り絞った。だが、今は疲れきっていた。

「ほら、飲むんだ！」

目を開けると、スタヴロスの広い肩と大きな胸が視界をふさいでいた。興奮に似た感覚がテサの背筋をすべりおりていく。恐怖だろうか？　怒り？　それとも違う感覚？「必要ない――」しかし唇に小さなグラスが押しあてられ、いい香りがする炎のような液体が喉に流れこんできた。

涙を流し、テサはむせた。

「もう一口」スタヴロスはテサの顎を押さえ、グラスを傾けた。彼の力は強く、テサはなすがままだった。触れられて胸がどきどきする。

テサはまばたきをしてスタヴロスと目を合わせた。無慈悲なまなざしは、もう一口酒を飲ませようとする大きな手と同じく容赦なかった。口からおなかまでが焼けるように熱く、テサは体を震わせた。

「もうやめて」彼女はあえぎ、かすれた声で言った。

「いったいなんなの？」

「ウゾだ。強いが、気つけになる酒だ」

そのとおりだった。テサは体に感覚が戻るのを感じた。刺激的なぬくもりが体じゅうに広がり、こわばった筋肉がほぐれる。不思議な倦怠《けんたい》感が全身を支配していた。

ふいにスタヴロスが離れ、テサは安堵《あんど》のため息をもらしそうになった。陰気な焦燥感と敵意を発散する彼がそばにいると、考えるのもままならない。

「ほら」皿を押しやる声は荒々しかった。盆が運ばれてきたのに、テサはまったく気づかなかった。皿にはさまざまなごちそうが並んでいて、ごくりと唾《つば》をのみこむ。「食べるんだ」スタヴロスはそっけなく言うと背を向けた。こわばった背中と硬直した肩が、会話の終わりを雄弁に告げていた。「僕は忙しい。君には一人でくつろいでいてもらおう」彼は皮肉たっぷりに言った。「ただし、この部屋からは出ないように。外に見張りを立たせておく」

脅すような口調に、テサは身震いした。逆らおうものなら、彼は喜んで怒りを解き放つに違いない。

スタヴロスはテサを見ようともせずに部屋を出ていった。大きな音とともにドアが閉まり、テサはぐったりとソファに沈みこんだ。私がどこへ行くと思ったのだろう？　家の中をうろつくとでも？　パスポートとわずかな現金の入ったバックパックを受け取って、ここを出ていきたいだけなのに。

でもその前に、結婚を解消する手段を見つけなければ。私とスタヴロス・デナキスの結婚を。テサは無意識に、夫という言葉を使うのを避けていた。

テサは窓の外の庭園と暗い海と雲一つない空を見つめた。空気さえも芳しく、潮とオレンジの花の香りが漂ってくる。

昨夜の出来事にいらだっているときにのどかな風

景を見るのは、なにか間違っているような気がした。なにもかも私のせいだと決めつけた男性は、いったいどこへ行ったのだろう？　正しいことをしようと思っただけの私に恥ずかしい立場に追いやられたと、彼は思っているのだろうか？

とっさにシドニー行きの航空券を払い戻してギリシアに来るなんて、とんでもなく世間知らずだった。お偉いスタヴロス・デナキスが、今ごろ私の感謝の気持ちに興味を示してくれるわけがないのに。

テサは深呼吸をして、ぼやけた視界をはっきりさせようとまばたきをした。泣きそうな自分にあきれる。昨夜熱い涙がこぼれたのは、何年ぶりのことだろう。そして今もまた、涙は棘《とげ》のようにまぶたを刺激していた。辛酸をなめたあとでも精神的に弱い自分が、テサには理解できなかった。

空港のラウンジに捨てられていた雑誌を開いて、四年間自分を悩ませてきた男性を見つけたとき、運命を感じたのがばかだったのだ。

テサももはや無垢《むく》な子供ではなかった。何年も苦労を重ねてきたし、愚かな夢を見ても無駄なのはわかっていた。だがスタヴロスへの思いは捨てられず、夜不安になると、力強い男性が自分を救ってくれるという空想をしては自分をなぐさめてきた。そんなときは、寒い山の夜とは相反する熱気が体に広がるのを感じた。

テサは歯を食いしばり、背筋を伸ばした。本物のスタヴロスが私を守ってくれることはもうないだろう。私が脅迫しに来たと考えるくらいだから、彼は愛する婚約者を守りたいに違いない。

こみあげてくる自己憐憫《れんびん》を振り払う。自分を哀れに思ってもどうしようもない。

今朝は疲れて眠っていたところを、邸宅の主人のはからいでやってきた医者に起こされた。スタヴロスは私の心配をしたわけではないと、テサは思った。

南米から伝染病を持ちこんでいないか、確認したかったのだろう。診察を拒否したいという思いがよぎったが、医師に説得されたのと妙に気が高ぶっているのが心配だったので、テサは素直に応じた。体に異常はなく、病みあがりで体力の回復に時間を要するとだけ言われてほっとした。

だがそろそろ夕刻に近づいているというのに、なに一つしていない。アテネのオーストラリア大使館に連絡するべきだ。法的な問題を解決して、シドニーに帰らなければ。誰かが待っているわけではないけれど、少なくともずっと戻りたかった故郷には戻れる。銀行口座もあるし、離婚問題を弁護士が解決する間に人生を再スタートできる。

テサは振り返って電話をさがした。ギリシア語がわからないと、大使館にはかけられないかしら？

スタヴロスの濃いグレーの目と視線がぶつかり、テサはその場に立ちつくした。さぐるようなまなざしに息ができなくなる。彼女は顎を上げ、ゆっくりと息を吸った。彼の姿に萎縮《いしゅく》したくなかった。

スタヴロスは部屋の入口に立っていた。肩幅は扉と同じくらい広い。音もなく入ってきた彼に、テサは背筋がぞくぞくした。まるで黒豹《ひょう》のようだ。彼女はひどく心もとなくなったが、それでも身を守る姿勢をとりたい衝動はこらえた。

スタヴロスは無表情だった。昨夜テサに憤慨していた彼より、今のほうが危険に見える。怒りや軽蔑なら、テサも立ち向かえた。でも彼は今、なにを考えているのだろう？　彼が改心し、自分の意図を理解してくれたとは思えない。黙りこくったスタヴロスには狩人《かりゅうど》が獲物を待っているような空気が漂っており、無言の鋭いメッセージを送っていた。

しかしもっと恐ろしいのは、彼が不信感をあらわにしているというのに、テサの体の奥でめらめらと燃えはじめた興奮の炎が消えないことだった。彼はいとも簡単にテサの心を揺さぶっていた。

こんな気持ちになるのは、相手がスタヴロスのときだけだ。彼を見るたび興奮したり、せつない気持ちになったりするなんて、まるで体の中にもう一人の自分がいるみたい。テサはそのことがなによりも怖かった。

スタヴロスはテサの瞳孔《どうこう》が大きくなるのを見て、一瞬残忍な満足感を覚えた。挑発的に顎を突き出しているが、彼女がおびえているのは明らかだ。僕の次の行動を想像して不安になっているのだろう。

警察へは通報しなかった。警察なら、彼女を罪に問う間拘束してくれたに違いない。少なくとも不法侵入は犯しているし、余罪もきっとつけられる。脅迫未遂はどうだろうか？

だが厄介な存在を排除したいのはやまやまでも、テサ・マーロウをどこにも行かせる気はなかった。警察に身柄を拘束されれば、話がマスコミにもれるかもしれない。和解金を奮発しなければならない興味深い記事が書かれることだろう。

だめだ。彼女には目の届く場所にいてもらう。スタヴロスは一晩じゅう怒っていたせいで凝り固まった肩をまわした。

昨夜は実り多き婚約を祝う言葉をかけられるたび、みぞおちを締めつけられるようだった。家族や友人、妻にすると決めた女性に嘘《うそ》をつき、スタヴロスは生まれて初めて詐欺師になった気がした。

絶対に許しがたい状況だった。自分の手に負えない事態が起こるとは。規則正しい人生を誇りにしてきた僕が、あと一歩で重婚罪という非常識な状況に巻きこまれるところだった。冗談ではない！

「なにか用なの？」テサの声がわずかにかすれているのは、見た目ほど冷静ではない証拠だろう。

スタヴロスは部屋の中を歩き、テサに近づくにつれて体が熱くなるのを無視した。それこそが彼の自尊心と知性をもっとも傷つける要因だった。テサが貪欲《どんよく》なご都合主義者だとわかっていても、驚くほど切実に彼女が欲しい。

これほど切羽つまった猛烈な欲望を、スタヴロスは抱いたことがなかった。テサのやわらかな肌を自分の下に感じながら体をうずめたいという生々しい欲求を、彼は必死に抑えなければならなかった。

名誉を重んじる僕が。ほかの女性と結婚を誓ったばかりのこの僕が！

たしかにアンジェラを妻に選んだのは、女主人として自分の子供の母親として申し分ないという理由からだった。彼女とは心を通わせたわけでもなければ、ベッドもともにしていない。それでも、僕にはアンジェラに誠実である義務がある。

スタヴロスは昨夜一晩かけて、自分は婚約者ではなくテサに興奮しているという不快な事実をなんとか受け入れた。だがそのことをテサに悟られて、満足されるのはごめんだった。

「必要なものはないかと思って見に来た」

テサは整った眉を片方上げ、傲慢《ごうまん》な女帝のようなまなざしをスタヴロスに向けた。態度だけは生意気だ。しかしそれがこけおどしだということは、お互いにわかっていた。結婚相手とはいえ、スタヴロスにはテサを破滅させる力がある。財力はつねに権力をもたらすのだ。僕ほどの富があればできないことはない。彼女も覚えておくべきだ。

「必要なものなんてあると思う……手厚くおもてなしいただいているのに？」

テサの度胸に、スタヴロスは不本意ながらも口元がゆるむのを感じた。医者の心配とは裏腹に、彼女は明らかに闘志を失っていない。

彼はテサが瀕死《ひんし》に近い状態にあるのだろうと予想していた。医師によると彼女は肉体的にも精神的にも疲労困憊《こんぱい》しており、栄養失調寸前で、汚れた飲料水が原因のジアルジア症の後遺症に苦しんでいるらしい。

　スタヴロスはテサを見誤っていたのだろうかと真剣に悩んだ。だが今の彼女を見る限り、医師は卓越した演技にだまされたらしい。栄養失調についても、数百万ドルがかかっていれば空腹に耐えるくらいはできないことではない。残念ながら、スタヴロスはそういう節操のない女性と直接かかわり合いになったことがあった。もはや聞くも涙の物語と女性のか弱さに胸を打たれる年でもなかった。

「くつろぎすぎるんじゃない」スタヴロスは突然言った。低い声は非難に満ち、まっすぐな眉が眉間《みけん》に寄っている。テサは本能的に、彼はかろうじて感情を抑えているのだと察した。「ここにいるのは問題の解決策を模索する間だけだ」

「簡単よ」テサもそれくらいは考えていた。「結婚を無効にするの。理由は思いつくでしょう？」

　スタヴロスが大股に歩いてくると、広々とした部屋が急に狭くなったような気がした。

「夫婦関係が成立しなかった、とか？」

　スタヴロスのすべてを見透かすような目に、テサの全身が反応した。冷たかった目は今は炎のようで、垣間見える表情に胃がよじれる思いがする。

　テサは半歩下がったが、すぐ後ろが窓だったので逃げ場はなかった。二人の間にはまだ一歩分の空間があった。それなのにテサはスタヴロスの強烈なまなざしに追いつめられ、いつ襲いかかられてもおかしくない気がした。

「それも一つの選択肢ね」テサはスタヴロスと目を合わせるために、さらに顎を上に突き出した。

「ああ、だが証明するのがむずかしい。証拠があるかな？」スタヴロスが黒い眉を片方上げると、冷笑するような表情がさらに強調された。

「裁判所だって信じてくれるわ。事実、一緒にいたのは数時間なんだから――」

「説得力がない」スタヴロスはゆっくりとかぶりを振った。「二時間あれば、関係を持つにはじゅうぶんだ」その声はひときわ低く、テサは肌を撫でられたみたいな気がした。彼の表情の変化に身震いする。きらりと光る目は危険極まりなく、まるで野生動物のようだ。「それとも、君は僕が男らしくないとでも言いたいのか？」

スタヴロスはまったく動いていないのに、テサは自分の世界にさらに踏みこまれたように感じた。気づくと、窓の木枠を支えのようにがっしりつかんでいた。「ばか言わないで！　私は……」

次の瞬間、スタヴロスは本当に迫ってきた。たった一歩でテサに急接近する。荒々しく心をざわめかせる熱気が、テサの震える体に押し寄せた。

刺激的で男らしい香りが鼻をくすぐる。彼女は落ち着こうと大きく深呼吸し、自分の胸から数センチのところにある大きな胸から視線を引きはがした。興奮の波に襲われ、女であることを意識せずにいられない。胸の先端は寒いときのように硬くなっていたが、体は冷えていなかった。むしろ、熱気をおびているくらいだ。胸から喉元へと火のような熱さが広がり、テサは顔が紅潮するのがわかった。

「それとも個人的に実践してほしいのか？」その言葉には鋭い皮肉が織りまぜられていた。

テサは会話が手に負えない方向に進んでいることに愕然《がくぜん》とし、反射的に首を振った。「違うわ！」とっさに口にした拒絶の言葉は甲高く、恐怖におののいていた。

おそるおそるスタヴロスを見あげると、彼の目は怒りに陰っていた。それとも、彼は楽しんでいるのだろうか？

かがんでいるせいでスタヴロスの服が胸に触れ、テサは息をのんだ。その感触を無視するよう自分に言い聞かせた。

彼は悪魔だわ。私を誘惑している！　わざと私をもてあそび、大きな体を武器にして私を苦しめようとしている。パニックに陥る姿を見たいのだ。「いいかげんにして」テサは平静を装った。彼に誘惑をやめさせるにはそれしかない。「あなたの男らしさを疑ってなんかないわ。ただ……結婚した状況から、姓を変えるためだけだったといえば通るかと思ったの」

ほら、理性的に聞こえた。少し息を切らしてしまったけれど。

スタヴロスは表情からすべてを読み取ろうとするように、テサをじろじろと見つめた。「あの状況が、セックスしていない証拠になるというんだね？」

テサは目を見開いた。「時期も場所も適切じゃなかったわ。そばでは内戦が起きていたのよ！」

「極度の危険にさらされた人間がセックスでなぐさめられることは証明されている」

スタヴロスがまた近づいた気がした。それとも、私がふらついたのだろうか？　それほど足元がおぼつかないとは思ってもみなかった。「私たちはお互いのことさえ知らなかったわ！」論理的な人なら、書面上の結婚だとすぐにわかるはずだ。

「興味深いね」スタヴロスがゆっくり言い、テサは彼の唇を見つめた。不安なのに、なぜかうっとりする。「見知らぬ他人同士はセックスしないというのが君の主張かい？　どうも説得力がないな。君はそういう行為には及ばないという意味かな？」

またしても疑うように、彼は片方の眉を上げた。力強く堂々とした雰囲気に、テサは美しく危険な堕天使を連想せずにいられなかった。拳を作り、スタヴロスを押しのけたい衝動をこらえる。そんなことをしても無駄なのはわかっていた。彼のほうが大きいし、強いし、意地が悪いのだから。彼は必死に動く私をおもしろおかしく眺めるだけだろう。そんな満足感を与えたくはない。

自分の感情をコントロールし、冷静かつ論理的に対処するのよ。彼の挑発は無視すればいい。道徳心を試すような罠《わな》にはまるなんてごめんだ。

結婚が成立していない確実な証拠が一つだけある。口先まで出かかった言葉を、テサはのみこんだ。最後の手段だったが、この男性から逃れるためなら使わざるをえないだろう。

けれど今のところは、スタヴロスにそこまで個人的な話をするつもりはない。経験のなさが明らかになったときの彼のあざけりなど、考えたくもない。今の雰囲気だと、信じてはもらえない気がする。

「裁判所は」テサは遠くを見つめた。「きっと話を信じてくれるわよ」

テサは長い間息をつめたまま、スタヴロスの反応を待った。首筋から腕、こわばった脚までが緊張で悲鳴をあげる。猛獣ににらまれた小動物も、こんなふうになるのかしら？

「そうかもな」スタヴロスはやっとそう言ったが、口調は真剣さに欠けていた。「離婚するほうが簡単かもしれない」

テサは肩をすくめた。結婚から解放されるなら、なんでもよかった。今でもずっと結婚していたことが信じられない。スタヴロス・デナキスに法的に束縛されているなんて……テサは身震いした。以前なら、自分を救ってくれたハンサムで力強い男性が夫だなんて夢みたいだと思っただろう。でもそれは、彼が冷たく強情でひねくれた人間だと知る前の話だ。

「かまわないわ、弁護士が早いと判断したほうで。連絡はとれた？」

「そんなに結婚から逃れたいのか？」皮肉を口にす

るスタヴロスの唇はゆがんでいた。

テサは肩をすくめた。彼がそばにいることと、体の中で火花を散らしている感覚以外に意識を集中させる。彼はひどい人間よ。高慢ちきでうぬぼれ屋で、いやなやつなのよ。

それなのに、テサはスタヴロスにやさしくされたいと思っていた。四年前のたった一度の口づけは、体じゅうに炎が駆けめぐったようだった。簡単な手続きがすむと、治安判事は期待に満ちた顔を向けてテサは、婚姻成立のキスを促した。見知らぬ男性を見あげた顔を近づけ、彼の瞳が黒に近い色になるのを見た。彼は肩を抱き、傷跡に気をつかいながらそっとテサの反対の腕を腰にまわした。

そして、テサを天国へいざなった。唇を合わせたのはほんの数分だったが、スタヴロスは守るようにテサを抱き寄せ、心地よいぬくもりと力強い腕で包みこんだ。テサは頭がくらくらして目をつぶり、驚くほど繊細な彼の唇に身をゆだねるばかりだった。

キスを終えたスタヴロスは、眉間にしわを寄せてテサを見おろしていた。あのとき、彼はとまどった表情を浮かべていた。現在の彼の表情は読み取れないが、怒りと不信感がにじんでいる気がする。

「法律事務所には連絡してある」スタヴロスはぶっきらぼうに言った。「法的に結婚を解消できる最短の方法を調べているところだ」

スタヴロスが別の窓に歩いていき、テサは安堵で膝が震えた。あまりに緊張していたせいか立っているのもつらくて、彼女は安楽椅子に座りこんだ。彼が外に注意を向けているのがありがたく、両手を膝について深呼吸した。

「少し時間がかかるかもしれない。結婚式を挙げた場所について調べる必要があるんだ」

しかたがない。流血の内戦をへた南米の小さな国は、政府が機能していない状態が続いていた。

「そんなに待つ必要が本当にあるの？」

スタヴロスは表情のない顔を向けた。「きちんとしたいんだ。未決事項は残したくない」

体が麻痺《まひ》していなければ、冷たい軽蔑を含んだその言葉にテサは凍りついていただろう。

「わかったわ」テサは顔をそむけ、不信感に満ちたまなざしを避けるために広い部屋の奥を見つめた。

「書類は二通用意しておく」

「ええ」テサはソファの模様を目で追った。

「君は誰にも話さないという条件つきで和解金を受け取れる。とくに、マスコミには結婚の話をするな。僕の財産に対する権利も放棄すること」

スタヴロスは、私がお金めあてで来たと思っているのだ。昨夜もはっきりそう言った。それでも、非難めいた口調をもう一度耳にするのはつらかった。

「ご自由にどうぞ」テサは疲れたようすで言った。辛辣《しんらつ》な攻撃をやめて、ほうっておいてほしかった。

「反論しないのか？　金額の交渉は？」

「しないわ」テサはちらりとスタヴロスを見てから、そっぽを向いた。「あなたは自分の価値を一ドル単位まで計算しているんでしょう。私の沈黙がいくらかかるかもね。専門家にけちをつける気はないわ」

彼のお金に手をつける気はない。でも、そう彼に伝えても無駄だろう。スタヴロスの頭の中で私はすでに裁判にかけられ、判決も出ている。ただ家に帰りたいだけだと異議を申し立てても、信じてはもらえないだろう。

テサのすぐそばで影が動いた。スタヴロスがそびえるように立っている。その目は警告するように光っていた。彼は物音一つたてず動けるようだ。

テサは立ちあがろうとしたが、スタヴロスが肩に手を置いて押さえつけた。薄いシャツ越しでも、彼の手は焼き印のように熱く感じた。

「ふざけるのはやめるんだ」低く脅迫するような声で言った。

だった。「痛い思いをするのは君だぞ」

「ふざけてなんかいないわ」手を振り払う元気はなかった。果敢に抵抗したのがまるで嘘のようだ。病みあがりのテサは体力の限界にきていた。「離婚でも婚姻の無効でもいいから、大使館に電話をして手続きしてもらおうとしていたのよ」

「その必要はない」テサの頭上で陰気な声がした。

「僕の顧問弁護団がすべて取りはからう」

「オーストラリアへ帰る飛行機の手配も？　それとも、その程度は自分でさせてもらえるのかしら？」

皮肉を言っても無駄だったことは、スタヴロスの顔を見れば一目瞭然《りょうぜん》だった。彼は厳しい表情を浮かべ、体の芯《しん》まで不安にさせる険しい目を向けた。

そして、おもしろくもない笑みを口元に浮かべた。肉食動物のような危険な笑みだった。「飛行機の手配などしなくていい。問題が解決するまで、君は帰れないんだから」

# 4

「私を監禁するつもり？」

スタヴロスが丈夫そうな白い歯をもう一度見せ、テサは身震いした。上手に隠してはいるが、彼は荒々しいなにかを秘めた男性だ。

「客人として滞在してもらおうか」

この家に？　考えただけでぞっとする。「決着までに長いことかかったらどうするの？」弁護士や裁判所がかかわるなら、長丁場は目に見えている。

スタヴロスは肩をすくめ、テサの肩から手を離した。「その間、君の面倒は見よう」

冗談じゃないわと、テサは思った。だがスタヴロスの目にはユーモアのかけらもなく、すべての手は打ったというように一人で悦に入っている。彼は真剣だ。本気で私をここにとどめるつもりなのだ。

「あなたにそんな権利はないわ」

「僕にはプライバシーと家族を守る権利がある」

そのために私をずっと閉じこめる気なのだろうか？　無理やり私を引きとめることなどできるはずがない。出入口はいくつもあるし、助けを求めることもできる。テサは反射的に電話からスタヴロスへと目をやった。そして、パスポートのことを思い出した。持ち物を返されたとき、これ見よがしに抜き取られていたのだった。「私をどうするつもりなの？　逃げ出さないように縛っておくのかしら？」

南米で実際に監禁されたときの記憶が恐怖を呼び覚ましたが、テサは強がった。

「誘惑か？」スタヴロスは椅子の肘掛けに両手をついてテサの動きを封じた。「興味をそそられるな」

近くで見ると彼の口元はあざけりにゆがんでいるのに、瞳は別の感情で燃えるようだった。自由を奪われた無防備なテサを意のままにするところを、彼は想像しているのだ。

その瞬間スタヴロスは、望むものを手に入れるためなら、善悪や世間一般の良識、法律すら塵《ちり》ほども気にかけない人間に見えた。

テサは身震いした。今になって急に、スタヴロスの麝香《じゃこう》の香りと温かく力強い体から発せられる激しい熱に包みこまれていることに気づき、おなかの奥に渦巻くような感じを覚える。

これは恐怖よ。興奮しているのではないわ。

スタヴロスの温かい吐息を、テサは素肌に感じた。自分のあえぐような呼吸とは反対に、彼の息づかいは規則正しい。スタヴロスが迫ってくると部屋の景色がさえぎられ、彼の顔しか見えなくなった。

テサはスタヴロスの目から口へと視線を落とした。決意を秘めたように引き結ばれた唇がすぐそばにある。その唇が少し開き、テサのおなかで渦巻いていた緊張が増した。彼女は掛け布に指を食いこませた。

この人、まさか……。

ふいに唇を重ねた記憶がよみがえり、テサの思考がとまった。やさしく触れられたときのめまいがするような興奮と、突然わき起こった欲求を思い出す。続きを切望したことも。

スタヴロスが頭を下げ、テサはまばたきをした。二人の間には激しい火花が散っているようだ。魅惑的な闇《やみ》に身を投じたい衝動を唯一食いとめたのは、彼への不信感だった。

しかし期待は高まり、心臓は早鐘を打っていた。テサはすっかりなじんでしまった男らしい香りを吸いこんで体を震わせた。彼の呼吸にずっと耳を傾けていたせいで、規則的な音がわずかに速くなったのがわかる。彼が近づくと、力強さが波のように押し寄せるのを感じた。

恥ずかしいことに、テサはキスをされるのをびくびくしながら待っていた。相手は大嫌いだと自分に言い聞かせてきた男性なのに。

嘘《うそ》つき。震える体が声高に叫んだ。

力強い手がテサの頬をとらえ、上を向かせた。頬を撫《な》でる親指を除いては、顎を支える手も厳しくいかめしい表情もやさしいとは言いがたかった。

スタヴロスの手の熱さを感じ、テサは思わずため息をもらした。興奮が駆け抜け、体じゅうがぞくぞくする。テサは目を伏せた。

「上手だ」スタヴロスの豊かなささやき声が、テサの神経をざわめかせた。「驚くほどうまいよ」

手に力がこもった次の瞬間、スタヴロスは体を起こして両腕を下ろした。テサが驚いて目を開けると、そこには口元をゆがめ、怒りと嫌悪もあらわににらみつける彼がいた。

なにが起こったのだろう?

「君のような女性にだまされるほど、僕がうぶだと思ったか？　君の演技がいくらうまくても」

肌を突き刺すようなスタヴロスの言葉に一縷《いちる》の望みとひそかな夢を蹴散《けち》らされ、テサは縮みあがった。

彼は私の自尊心をずたずたに引き裂いたうえに、夢までも容赦なく壊した。ちょっと誘惑しただけで、私が隠していた秘密をさがし出した。

彼が憎い。正気に戻ったテサは、羞恥心《しゅうち》がこみあげた。私はどうしてしまったの？　彼に婚約者がいるのを都合よく忘れるなんて。信じられない！

キスへの期待に屈服した自分を思い出すと、恥ずかしさで頬が熱くなる。忘れていた欲望を思い出したとたんに、私はキスを待ちわびてしまった。だが、もう受け身でいるのはごめんだ。

「私を行かせてくれれば、二度とかかわらずにすむわ」強がりとは裏腹に、テサの心臓は大きく不規則なリズムを刻んでいた。

「僕が折れて、君を信用すればいいのか？」高飛車で不信感に満ちた表情は、尊大な鼻と批判的な顎にぴったりだった。「とんでもない。目の届かないところへは君をやらない。警護員が監視できる場所にいてもらう。婚約パーティの夜に現れたのは、最大限の混乱と衝撃と金銭的な利益を狙《ねら》ってのことだったんだろう」スタヴロスは指を折った。「単純で醜い方程式さ」冷たい笑みが残虐になる。「僕を愚か者扱いするな。君は下調べし、相当な金額を絞り取るつもりで予告なく登場した。だが、相手を間違えたな。僕は脅しに屈しない」

彼の笑みは消えていた。残忍で刺々《とげとげ》しく、完全に人を寄せつけない顔をしている。憤慨していたにもかかわらず、テサは恐怖で背筋が寒くなるのを感じた。「わざとじゃないわ。そんなつもりはなかったの」反論は荒い呼吸で乱れた。彼女は前かがみになり、スタヴロスに立ち向かうための力を硬い椅子に求めるように肘掛けをぐっとつかんだ。

「いいや、計画していたとも」スタヴロスの身ぶりは乱暴だった。「劇的な登場を演出したんだろう。この数年間、連絡さえくれれば僕はいつでも結婚を解消したのに」

テサは髪が乱れるのもかまわずに首を振った。

「いいえ。移動は許されていなかったもの。あなたの素性も生死さえも、数日前まで知らなかったわ」

サンミゲルでのあの日を思い出すたびに、テサは気分が悪くなった。〝結婚〟したあと、彼は車の中でテサの肩を抱き、温かい笑みを浮かべて話しかけた。ホテルで熱い湯につかったら彼のパスポートとお金の力で国境を越え、大使館の職員と面会すると。それを……すべて失った。残ったのは生存者はいないと言われたときの空虚感だけだった。

スタヴロスは眉を上げ、無言で疑いをあらわにした。

「本当よ」テサはすっくと立ちあがり、無意識のうちに懇願するように両手を握りしめた。「あなたのように、私はサンミゲルから逃げられなかった。この四年間を、南米で過ごしていたのよ」

全身を駆け抜けるショックに、スタヴロスは倒れるようにあとずさった。作り話をされるとは予想していたが、これは想定外だ。とんでもない話だ。

彼は長い間、テサが死んだと思いこんできた。内戦が始まる前、国外へ逃がすと彼女には約束した。だが空港に向かう途中、迫撃砲による砲撃で道路は崩壊し、車も大破し、逃亡は失敗に終わった。

地元の刑務所に外国人女性がいるという話を聞いたのは、エメラルド採掘坑の調査も終わり、帰国の準備をしていたときだった。バックパッカーも足を踏み入れない僻地《へきち》は、スタヴロスでさえ苦労続きの旅だった。彼女は反政府派を支持した罪で拘留されていた。しかし、彼女は無実だった。愚かにもパスポートを盗まれ、美人に目のない警察署長の手に渡ってしまったことが運のつきだったのだ。

スタヴロスは刑務所を尋ねてその事実を確かめると、彼女を救うと誓った。薄汚い監房でおびえ、途方に暮れた顔を見ては置いていけなかった。百キロ圏内で外国人は自分以外にいなかったし、本格的な内戦も迫ってきていた。内戦で命を落とさなくても、彼女は残忍な看守に殺されてしまうかもしれなかった。彼の経済力と人脈を使えば、保護した〝妻〟を危険地域から移動させるくらい簡単だった。

テサが内戦でぼろぼろの国にずっといたわけがない。スタヴロスは部屋を歩きまわった。うわ目づかいの潔白ぶったテサの顔は見たくなかった。彼女を内戦の中に置き去りにしたと思うと、冷たい指で背筋を撫でられたようだった。爆発で脳震盪《のうしんとう》を起こしたことも、大破した車のそばにジーンズ姿の黒髪の女性がいたと確認され、公式に死亡宣告されたこともまったく意味がなくなった。

「嘘だ」テサを見つめ、スタヴロスはかすれた声で言った。ありえない。彼女は生き延び、国境を越えた。そして、僕の素性と価値を知ってふたたび現れたのだ。

「本当よ」

女性を理解していなければ、スタヴロスはテサの穏やかな確信に動揺していただろう。だが、女性がお金のためにどこまでするかは経験で知っていた。

「四年も行方不明になっていれば、捜索や公式な調査が行われたはずだ。オーストラリアにいる家族も問い合わせをしただろう。南米のどこに行ったか、足跡をたどったはずだ」

テサを最後に見たスタヴロスのところへも、捜査員が来たはずだ。結婚証明書には彼の名前が書かれているのだから。

テサはゆっくりと首を振った。「家族はいないの。だから捜索願も出されなかったわ」

「誰一人いないのか？」都合のいい話だ。

「母は亡くなったし、父は誰だかわからないから」テサは両腕を体に巻きつけた。「きょうだいもいないし、親戚《しんせき》とも疎遠だった。親戚がいるのか、祖父母が生きているのかさえも知らないわ。帰国できたら、まずは祖父母をさがしたいと思っているの」

テサの口元がゆがみ、スタヴロスは不本意にも同情を感じた。しかし、彼は不幸な身の上話に簡単にのせられる男ではなかった。

「逃げられたはずなのに、なぜそうしなかった？」スタヴロスは挑戦的に言った。彼女は砲撃後の現場にはいなかった。怪我《けが》をし混乱したスタヴロスが駆けつけたときには、どこかに行っていたに違いない。

テサは大きな目で懇願するようにスタヴロスを見つめた。「次の日、何キロも離れた丘陵地帯の村で目覚めたの。知らない人に助けられていたわ」

「知らない人だって？」

「シスターよ。四年間、一緒に暮らしていたの」

シスターだって？　今までずっと尼僧とともに潔白な生活をしてきたと言われて、信じろというのか？　静かな部屋の中、スタヴロスは大きな声で笑いだした。張りつめた肩から緊張感が解けていく。

やはりテサ・マーロウは熟練の嘘つきではなかった。最後の嘘は少々やりすぎだ。シスターと四年間、貞淑に生きてきたとは。今度はバージンだとでも言いだす気ではないだろうか！

もう少し寛大な気分だったら、よけいな話を加えないこつを教えてやったところだ。

「本当なの！」テサは両手を伸ばした。仕上げとしてはなかなかだ。大きな瞳でやわらかい唇を少しだけ開いた彼女は美しかった。勇敢ではかなげでもあった。「私たちは安全な山の中で暮らしていたわ。

しばらくして国境を越えようと試みたけど、案内人が撃たれて怪我を負ったの。危険すぎたのね」

「もういい」これ以上作り話は聞きたくないと言わんばかりに、スタヴロスは背を向けた。美しい口からこぼれる嘘の一つ一つに気分が悪くなる。貪欲《どんよく》な三人の継母と、ミセス・デナキスの座を狙う無数の女性で慣れたと思っていた。嘘や半端な真実、ごまかし、拝金主義。今までいくらでも目にしてきたものだ。

スタヴロスは大股に歩き、扉を開けた。

「黙ってくれ」彼は射るような目でテサをにらみつけた。「無垢《むく》を装っても、なにも得られないぞ」

だが扉を後ろ手に閉めながら部屋を出たあと、スタヴロスはなじみのない疑惑にさいなまれた。

知性と経験をもってしても、その動揺は振り払えなかった。


黄昏《たそがれ》どきの薄暗い中でスタヴロスは一人、通り過ぎる船舶の明かりを眺めていた。何時間も来客を見送りつづけたあとの、しんとした静けさを楽しむ。

二つの大きな家が一緒になる、二日がかりの大事な行事だった。伝統に照らせば祝福すべき日だろうなと、父親には皮肉まじりに言われた。

敷地内に妻がいるのに、どうして祝福などできるだろう？　まだ正式な妻だというのに。

スタヴロスは解決できない問題に慣れていなかった。この問題の解決には時間を要しそうだ。

部下の調査から、結婚はすぐには解消できないことがわかった。ずる賢いテサが同じ敷地にいるだけで、スタヴロスの我慢は限界に達しそうだった。彼女をここにとどめておかなければならないのが我慢ならない。テサのことを考えて、スタヴロスは拳《こぶし》を作った。

今日は何時間もアンジェラの隣に立ち、親戚や友人たちと礼儀正しくおしゃべりをした。彼女の体のぬくもりを感じられる距離で、欲求がこみあげるのを待った。性格や育ちと同じくらい、美貌《びぼう》にも惹《ひ》かれて選んだ女性に。

それなのに、なにも感じなかった。体がかっと熱くなることも、欲望を覚えることもなかった。

まったく、婚約者のすばらしい体さえ楽しめないとは。もつれた関係が不気味な影を落としているせいだ。妻がいるので欲望も衰えているのだろう。

だがいちばんひどいのは、反応の鈍さではなかった。一日じゅう別の女性のエメラルド色の瞳が頭を離れず、理不尽にも血が騒いでいたのだ。憤慨していても、心の奥底からこみあげるテサへの興味をはねのけることはできなかった。

どうしてテサは、僕が心のまわりに張りめぐらせた壁を簡単に突破するのだろう？　どうして彼女を見たり彼女と話したりするたび、自分を裏切るような反応が起こるのか？

なんてことだ！　彼は美しい婚約者に目を向けた。アンジェラはおおぜいの有力な候補者の中から、細心の注意を払って選んだ女性だ。優雅で賢く、僕の野心も仕事も家族への義務もすべて理解している。彼女は裕福な家庭に育っているから、僕との生活にも問題なくなじむだろう。よき伴侶《はんりょ》として、セックスと家族も与えてくれるだろう。

僕の足を引っぱっている、みすぼらしい女ぺてん師とはまったく違う。

考えても答えは出ず、スタヴロスはきびすを返して邸宅に向かった。広いテラスを横切る途中で、なにかにちくりと刺されたような感覚にふと足をとめる。スタヴロスは二階を見あげ、カーテンに半分隠れたぼんやりとした人影にまっすぐ目をやった。

この距離でも、テサと目が合っているのがわかる。突然、脈が重く猛烈な速さで打ちはじめたからだ。

く。四年前もそうだった。

テサの手が厚手のカーテンをつかんだ。体を支えているようだ。彼女も説明しようのない高ぶりを感じているのだ。テサがいる場所へ向かうと心臓が暴れだしたが、スタヴロスは無視した。

先ほどのテサの反応は偽りではなかった。彼女は隠すこともできないようだった。嘘をつく甘美な口と魅惑的な体と見せかけの弱々しい雰囲気にほだされて、僕が顔を撫でたからだ。

自分の興奮を悟られてはならないと、スタヴロスは大股に歩きつづけた。弱みは見せたくない。

だがその間も、テサ・マーロウの弱点に思いをめぐらせずにはいられなかった。それは僕に対する彼女の気持ちだ。そばにいるだけで彼女が高ぶるのなら、いざというときは武器として使ってやろう。

## 5

透明な水の中に飛びこみ、テサは開放感あふれる感触を楽しんだ。泳ぐのは何年ぶりだろう。母親と数年間暮らした田舎町の公営プールで浮かぶことを覚えたのが、はるか昔に思えた。一箇所に長く滞在したのは、そのときが最後になった。

当時は友達もでき、先生に名前も覚えてもらった。焼けつくような熱い夏の午後、入場料を払えないテサをそっと入れてくれた女性のおかげで泳ぎも覚えた。今度こそ定住できると、テサは思った。

もちろん、そこでの生活も長くは続かなかった。

だがテサは、自分がなにを求めているのか肌で感じ取った。家。社会に属しているという実感。親身になってくれる友人。支え愛し合う本物の家族。

母親はテサを愛していたが、その表現方法は独特だった。あの二年間でテサは初めて、母親が気まぐれで感情的な変わり者だと気づいた。薬をのんでいる間はすばらしい母親だが、いつまたもとに戻るかわからない女性だった。そして四年前、テサは薄給のアルバイトで得たお金で、大学の福祉事業のクラスに出席できることになった。

しかも友人のサリーがメキシコ行きの航空券を手に入れ、人生最高の冒険に誘ってくれた。だがサリーは途中でカナダ人と恋に落ち、陸路での南下計画をやめると言いだした。一人になったテサは、サンミゲルでバスを降りたのだった。

プールの反対側で水面から顔を出したテサは、顔にかかった髪を後ろにやり、後悔の念もこれくらい簡単に振り払えればいいのにと思った。彼女は水から出て、日差しで温まったタイルに膝をついた。

次の瞬間目の前に高価そうな革のローファーが見え、テサはさっと体をこわばらせた。そびえるように立っている男性はとても背が高いので、黒いズボンはあつらえたものに違いない。しかし上品なデザインのズボンでさえ、男らしく力強い太腿は隠しきれないようだ。

スタヴロスの大きな手を見つめ、テサは唾《つば》をごくりとのんだ。私の首を絞めに来たのだろうか。

数日前ここに来たときは、スタヴロスが本気でそうするかと思った。だが、彼はそんな人間ではなかった。短気で決断力があり、なにがなんでも欲しいものを手に入れる意志は常軌を逸していたが、つねに落ち着き払っていた。最初にぶつかり合ったときも、怒りをなかなかあらわにしなかったほどだ。そして冷たくテサを見たあと、高慢な態度で話を信じてもらおうとする彼女の希望を打ち砕いた。

テサは息をつめて、スタヴロスと目を合わせる勇気を振り絞った。目の前に手が差し出される。「ほら」スタヴロスの声は失礼なくらい無愛想だった。テサは、助けなど軟禁されるのと同じくらい必要ないことだと言いたかった。だが手を取らなければ、彼がテサの腕をつかむだろう。

手が触れ合い、テサは体に電流のようなものが走った気がした。彼も同じだろうか？　次の瞬間、体が引っぱりあげられた。

スタヴロスはまだ手を離さない。熱いものが流れてきて全身が熱気と興奮でいっぱいになり、日差しがまぶしいにもかかわらず、テサは身震いした。

手を引っぱったが、スタヴロスはまったく力をゆるめようとしない。テサはしぶしぶ彼の顔を見あげた。スタヴロスは視線を合わせようとせず、テサが赤面するほどじっくりと全身を眺めまわした。まっすぐな眉が非難がましく眉間《みけん》に寄っている。

今度はなにをしたというのだろう？「プールは使っていいと言ったでしょう？」テサは思わず口走った。客がいなくなり、彼女は敷地内を歩きまわることを許されていた。もちろん、逃げ出さないという条件つきでだ。だが厳しい顔つきの警備員を見れば、逃げても無駄なのがわかった。

スタヴロスの視線がゆっくりと這《は》いあがってきた。震える脚からコットンのショートパンツ、黒いタンクトップを見つめられ、テサは体がさらに熱くなった。まるで彼に触れられているようだ。もはや恥ずかしがるのも忘れていた。

テサがもう一度手を引っぱると、スタヴロスはとうとう力をゆるめた。「いいとも」その口調は冷たかった。眉をひそめてにらみつけられて、テサは動けなくなった。

スタヴロスは服従されることに慣れた人間らしい横暴な雰囲気をまとっていた。人々は文句も言わず従うと、疑ってもいないに違いない。自分はそんな人間ではないと気づかせることができたらいいのにと、テサは思った。

　それなのに彼女は冷酷な瞳の奥にひそむなにかに魅了され、その場に立ちつくしていた。怒りよりも複雑な感情に心を乱されていた。

「服を着て泳ぐことはないだろう」スタヴロスのかすれた声を、テサは初めて聞いた。「今後はプール室の水着を使うんだ」提案ではなく、命令だった。

　テサはきまり悪くなった。たしかに水着は持っていないけれど、悪いことをしたわけではない。なのにスタヴロスに濡《ぬ》れた体を一瞥《いちべつ》され、不機嫌な顔をされると、思わずたじろいでしまう。厄介な客にだらしない格好をされるのが、彼は不快なのに違いない。おそらく、アンジェラのように美しい人々としか交流がないせいだろう。

　テサは両腕を体に巻きつけ、背を向けてタオルをさがした。上品な雰囲気も優美さも華やかさもなくたってかまわないと、自分に言い聞かせる。しかし不満が頭をもたげ、つかの間、彼女は自分にないものを切望した。

　今朝、テサはスタヴロスと彼の婚約者を遠目に見た。彼は守るように婚約者を抱き寄せていた。鋭い痛みに心を引き裂かれそうになり、テサは思わず目をそむけたのだった。

　スタヴロスはタオルを拾うテサを見つめた。緊張しているような、ぎくしゃくした動き方だ。彼はいらだたしげに髪をかきあげた。これほど手に負えない状況は初めてだ。自分の感情が暴走するなんて！激怒しているのは望まない妻に対してなのか、自分に対してなのかがわからない。

　調査員の報告書を読んだとき、スタヴロスは愕然《がくぜん》とした。テサはこの四年間、家族と安全な場所で暮らしていたのでも、別の男性のお金で自堕落な生活をしていたのでもなかった。それどころか彼女は、貧困と内戦に苦しむ第三世界の国で心もとない生活をしていた。彼が、スタヴロス・デナキスがしくじったからだ。

テサが危険にさらされている間自分がぬくぬくと暮らしていた事実に、スタヴロスはみぞおちに一発を食らったような衝撃を覚えた。彼自身ひどい脳震《のうしん》盪《とう》と鎖骨に骨折を負い、命からがら国境を越えたことも、誰もがテサが死んだと信じていたことも言い訳にはならなかった。テサが金もうけに夢中で、自分の財産に手を出すつもりだとわかっていても、不快感はおさまらなかった。

不自由な暮らしに耐えてきたのだから、金を切望するのも無理はない。体が弱っていたのもそのせいだったのだ。今も、彼女は突風が吹いたら倒れそうに見える。

だが、それでもテサに対する欲望は消えなかった。

感情的なつながりがないとはいえ、結婚を誓ったアンジェラへの義務感でさえ歯どめにはならなかった。スタヴロスは苦々しい思いをごくりとのみこんだ。アンジェラ以外に欲求を感じるべきではない。僕の人生計画も、自制心も、名誉もだいなしになる。

みすぼらしい窮屈な服を着たテサの姿は、二人に共通点がないという証拠になるはずだった。彼の理想は肉感的で、きちんと着飾った、自分の自尊心をくすぐってくれる女性なのだから。

それなのに濡れた服が皮膚のように張りついたテサを見て、スタヴロスは口の中がからからになった。きつすぎるタンクトップは胸のふくらみを浮かびあがらせていた。よぶんな肉のない彼女の体は、女らしい魅力にあふれていた。背中に流れる豊かな黒髪もすばらしい。

手を伸ばして、華奢《きゃしゃ》なその曲線美を好きなだけなぞりたい。手にちょうどおさまりそうな胸のふくらみみに触れ、細いウエストを両手でつかみたい。ほんの数日まともな食事をしただけで、テサの体は変化していた。ほっそりした体は少しまるみをおび、はつらつとしている。スタヴロスは拳《こぶし》を作った。今朝アンジェラは家族の用事で北ギリシアに発《た》ったが、彼は結婚問題を解決するために残った。しかし今は、テサが脚をふく動きをじっと見つめている。

僕はとんでもない人間になってしまった。

テサは厚手の大きなタオルで震える体をおおった。体の芯《しん》まで冷えきっているのは、スタヴロスに対する自分の反応が怖いからだった。

彼は信用ならない。なのに、体の欲求を頭で抑えこめないのはなぜ？　彼は私を嫌っているし、私とは正反対の魅力的で世慣れた美女と結婚する予定だ。だけど彼に見つめられるたびに、興奮してしまう。ただの興奮ではなかった。身を焼きつくすようなとてつもない情熱を覚えるのだ。手に入れることも求めてもいけない相手なのに。

テサは長い間、スタヴロスについて空想してきた。彼を白馬の王子様に仕立てあげたのは、なにか信じるものがなければ恐怖で眠れない夜に耐えられなかったからだ。今でもまだ、テサはその空想も憧《あこが》れの気持ちも振り払うことができずにいた。振り払わなくてはいけないとわかっていてもどうしようもなかった。

テサは体を起こしてスタヴロスの方を向いた。がっしりとしたハンサムな顔には、見たこともないほど険しい表情が浮かんでいる。この世で最悪の知らせを受け取ったかのようだ。そして、その責任はテサにあると思っているみたいだった。

背筋に戦慄《せんりつ》が走り、テサはあとずさりしたい衝動をこらえるために膝に力をこめた。

「話をしよう」低く不機嫌そうな声に、テサはうなじの毛が逆立った。それとも、スタヴロスの目がきらりと光ったせいだろうか？　彼が拳を作っているのを見て、テサの気持ちは暗くなった。彼は爆発寸前らしい。

強烈な怒りをぶつけられても、今はまだ受けて立てるとは思えない。責められる筋合いはないと言っても、許してはもらえないだろう。

「私と話す気なんてないと思っていたわ」テサは静かに言った。「なにも信じられないんでしょう？」

スタヴロスが歯を食いしばり、顎の筋肉が盛りあがった。日に焼けた肌の下で血管が勢いよく脈打っている。

「君の言うとおりだった。僕の同情を得ようと、話をでっちあげたのかと思っていたが」

「どうして話す気になったの？」

「君がオーストラリア大使館と連絡をとるまでの行動を、部下に確認させたんだ」スタヴロスが深呼吸すると、広い胸が隆起した。「君がどこに住んでいたかはわからなかった。わかったのは……僕が置き去りにした場所だけだったよ」

なるほど。私は信用できなくても、部下は信用できるらしい。なにを期待していたの？　彼が間違いを認め、私への先入観を捨てるとか？　ありえないわ！「やっとわかったのね」テサはさりげなさを装って肩をすくめた。スタヴロスが無言で見つめる中、二人の間の緊張は高まっていった。

「僕のせいだ」スタヴロスの突然の言葉があまりにも予想外で、テサはまばたきをした。聞き間違えたかと思ったのだ。「君をきちんと守るべきだった。空港に行く道はほかにもあった。そっちを行くべきだったんだ」

テサは混乱した。車を大破させた砲撃に、彼は責任を感じているの？　誰も予測できなかったのに。

スタヴロスの顎はこわばっている。大きな体は相変わらず緊張しており、テサも神経を張りつめさせた。「砲撃されるなんてわからなかったもの」

スタヴロスはびくっとした。「調べておくべきだったんだ」一歩近づき、急に立ちどまった。

スタヴロスのかたくなな無表情に隠された気持ちを、テサは読み取った。彼の瞳には動揺と疑いと、別の感情が浮かんでいる。痛み……かしら？

拷問と死から救ってくれた男性が、他人の暴力行為の責任を感じている。テサは胸を鋭い刃物で刺されたような気分になった。

ここへ来て以来、スタヴロスはひどい態度ばかりとってきた。だがテサは初めて、恋に落ちたときの彼を見たと思った。南米にいたとき、スタヴロスはためらいもせずに私を守ってくれた。思い出がよみがえり、自らを取り巻いていた心の氷が解けていくのがわかった。

スタヴロスは以前と同じくよそよそしかったが、テサは急に相手を安心させたい思いに駆られ、彼の腕にためらいがちに手を伸ばした。だが勇気が続かず、手を下ろした。肉体的な接触は避けたほうがいいだろう。

「あなたのせいじゃないわ」テサはささやいた。「あなたはできる限りのことをしてくれた。ほかの誰よりも」

スタヴロスは首を振った。「だがじゅうぶんではなかった。君を守ると決めたのに」彼はテサを見るだけでもつらいのか、彼女の頭の上を見つめていた。

彼は本当につらいのかもしれない。落ち着かない感情に耐えられなくなり、テサは立っていられなくなった。よろめいて、ラウンジチェアに座りこんだ。

スタヴロスはさっとテサのそばにひざまずき、射るような目で彼女を観察した。「君は病気なんだ」

テサは顔をしかめて首を振った。

「医者が必要だよ」

「いいえ、私はどこも悪くなんてないわ」休養したのだから元気になったはずだ。

「医者はそうは言わなかった」

テサは目をしばたたいた。「医者と私の話をしたの？　患者に対する守秘義務があるのに？」

スタヴロスは答えようとしなかった。おそらく、彼の要求はなんでも通るのだろう。元気さえあれば大騒ぎしたいところだったが、テサは渦巻く感情をなんとかするので手いっぱいだった。一言の謝罪もなく自分を踏みにじるこの男性を、彼女は嫌いになりたかった。けれど彼への恋心と思いもよらないやさしさを目のあたりにして、そうできずにいた。途方もなく冷酷にもかかわらず、スタヴロスは分別を重んじる男性だ。上手に隠してはいるけれど。

スタヴロスは立ちあがって携帯電話を取り出し、歯切れのいいギリシア語で指示をした。テサが聞き取れたのは一言だけだった。ミカリス。医者の名前だ。「言ったでしょう？　医者にかかる必要はないわ」テサは会話をさえぎろうと手を伸ばした。

肌が触れたとたん衝撃が体を駆けめぐり、テサは息をのんだ。彼も感じただろうか？　スタヴロスの顔にはなんの表情も浮かんでいない。一瞬瞳が熱をおびたのは、私の見間違いだろうか？

テサはまるで火傷《やけど》でもしたように手を引っこめたが、眉を上げるスタヴロスを見て後悔した。彼は私の反応に気づき、将来武器として使えると踏んだに違いない。

「すぐ医者が来る」その声に感情はなかった。

もう一度診断しても意味はないのにと、テサは思った。きちんと食べてゆっくり休み、処方されている薬をのめば治る。私はしおれやすい花ではない。

彼女はスタヴロスに向かって顎を上げた。「あなたが会えばいいわ。私は会わないから」

驚いたことに、引き結ばれていたスタヴロスの口元がかろうじてほほえみと呼べる程度にゆるんだ。それだけでも気むずかしい顔はじゅうぶんセクシーに見え、テサはどきりとした。

「調子にのるんじゃない。ここにいる間は、君の健康に僕は責任がある。厄介な事態に陥りたくはないんだ」

スタヴロスは携帯電話をポケットに戻したが、立ち去ろうとはしなかった。男らしい香りがテサの鼻孔をくすぐる。

彼はつぶやくように続けた。「ほったらかしにされたとか虐待されたとか言われては困る」食い入るように見つめられ、テサはスタヴロスから離れようとのけぞった。彼の心ある人間らしいほほえみがあっという間に高慢な冷笑へと変わり、驚かずにいられなかった。「本心ではそうしたいところだが」彼は言った。「弁護士は難色を示すはずだからね」

また言い争うことになるの？ テサはおなかを殴られた気分だった。さっきまでは、なんとか休戦に持ちこめたと思ったのに。どうやら、スタヴロスの不信感は自責の念よりもはるかに強いようだ。

「私がお金めあてで来たと、まだ疑っているの？」言い訳しても失敗するのは目に見えている。テサはこれ以上へりくだりたくなかった。でも、疑われたままでいるのもごめんだ。

「つらい生活に耐えたくらいで、潔白を信じろというのか？」スタヴロスは本気で驚いているかのように眉を上げた。「まさか。そんなはずはないね。地球を半周してまで僕に会いに来たんだから、財産をかすめ取りたいに決まっている」

テサは背筋を伸ばし、ラウンジチェアのクッションに指を食いこませた。体が怒りに震え、なかなか声が出てこない。「女性を見る目に自信があるのね。たまには間違えることもあるとは考えないの？」

スタヴロスはユーモアのない笑みを浮かべた。

「デナキス家から金をゆすり取ろうとする前に、下調べをしておくべきだったな。君のおかれた状況では、調査する機会も限られていただろうが」

一人悦に入っているスタヴロスの顔をひっぱたきたい衝動を必死に抑え、テサは震えながら座っていた。それとも、男の自尊心にとってもっとも大事な場所を蹴《け》りあげようか?

「すべての女性はあなたの外見とお金がめあてだと思っているのね」テサは静かに言った。「自分の価値につねに疑問を抱いているなんてかわいそうだわ。他人の動機をいつも気にしているなんて」

スタヴロスの目が危険な光をおびた。動いたわけではないのに、大きな体がさらに大きく感じられた。

「おかげで、僕の前に身を投げ出す女性には慣れっこになったよ」その口調は明らかに挑発的だった。

「体をひけらかしてベッドにもぐりこんできたり、純情ぶった仕草で恥知らずな誘惑を仕掛けられたりしたこともあったな」

スタヴロスはテサの体に視線を這わせた。タオルをしっかりと巻いていてもまなざしは突き刺さるようで、テサは彼から身を守るすべはないのかしらと思った。キスを待ち構えていたときの私を、スタヴロスは思い出しているらしい。あのとき、私はつい期待に息を殺していた。

テサの喉から頬がかっと熱くなった。だんだん陰っていく目がテサの視線をとらえる。

「結婚という手段で金を巻きあげようとする女性について、僕はかなり詳しい」スタヴロスの唇がきっと引き結ばれた。「最初の継母が来たのは十歳だった。次が十六歳で、三人目が二十二歳だった。そのうちの一人として、夫と新しい家族を大事に思うことはなかったよ」すさまじい嫌悪感だった。「ますます身勝手に、浅ましくなっただけでね」

スタヴロスは振り返って、濃紺のエーゲ海を見つめた。顎はこわばっていて口元は険しいが、彼の目は不思議と無表情だった。これほど孤独に見える男性を、テサはほかに知らなかった。

不本意にも同情がこみあげ、彼女はこわばった体から力を抜いた。

「僕はすべてを見てきた」スタヴロスの低い声を聞いて、テサはやさしい気持ちになった。「あらゆる策略と偽りの愛情を目のあたりにしてきたんだ。理想の恋人になるために体を利用する女性たち。愛と貞節の約束よりも、爪の手入れのほうが大事な女性たち。プライドを売り渡しても贅沢《ぜいたく》な暮らしが手に入ればいいという女性もいたよ」

スタヴロスの声が刺々《とげとげ》しくなった。そこにこめられたあまりの皮肉に、テサはぞっとした。自分は違うと、彼を説得できる気がしない。そうしようという気持ちにさえならなかった。

彼のそばから立ち去ろうとしたとき、テサは到着した夜に話をした警備員の男性と鉢合わせした。その表情から感情は読み取れない。ただじっと待っている姿を見ただけでも、背筋が寒くなる男性だった。

「ミスター《キリエ》・デナキス」

スタヴロスは感情をまったく顔に出さずに振り返った。だがテサには彼が考えごとをするのをやめ、男性に意識を向けたのがわかった。「なんだ？」

それが合言葉だったのか、二人は急にギリシア語で口早に会話を始めた。テサには彼らの言葉が理解できなかったけれど、重苦しい空気の中で緊張感が高まっていくのはわかった。二人は一瞥もくれないが、話の内容は私についてなのだ。冷えきっていく体に、彼女は分厚いタオルをきつく巻いた。

そして沈黙が訪れた。しかし長く不吉な静けさには、声にならない言葉が飛び交っているようだった。

スタヴロスが短く質問した。答えを聞いたあとで、刺すような視線をテサに向ける。彼は寂しげでも人間らしくもなく、冷酷なまでに落ち着き払っていた。レーザーのような目はテサのうわべだけの平静を見破り、すべてを見通しているみたいだ。

テサは無意識のうちにあとずさった。

警備員はもう一度、真剣な声で小さくなにか言った。スタヴロスが明らかに命令とわかる言葉を発すると、彼はきびすを返して邸宅の方へ去っていった。

スタヴロスが携帯電話を取り出して目をそらした。その瞬間、テサは胸をわしづかみにされたような痛みから解放され、びくびくしながら深呼吸した。しかし、きかずにはいられなかった。「私の話をしたのね？」

その声を聞いた瞬間、スタヴロスはアンジェラの短縮番号を押そうとしていた手をとめた。爆発しそうな怒りを必死に抑える。これほど理性を失いそうになったのは初めてだ。激怒するあまり、全身が震える。ペトロスの知らせは驚くべきものだった。

スタヴロスはゆっくりと顔を上げた。テサが大きく目を見開き、明らかにおびえた顔をしている。

なにかがスタヴロスの中で変わり、火の玉のような怒りがさらに大きくなって血を煮えたぎらせた。その強い力に、彼はまたもや震えた。

純粋無垢《むく》――それがテサが打ち出そうとしているイメージだ。そして、真っ赤な偽りだ。心底正直な女性などこの世にはいないのだろうか？　悪知恵しか働かない貪欲《どんよく》な女性しかいないのか？

スタヴロスは落ち着こうと歯を食いしばった。

彼の怒りを感じ取り、テサの瞳孔《どうこう》が恐怖で大きくなった。彼女は一歩あとずさり、プールの端でバランスを崩した。

スタヴロスはすばやく足を踏み出してテサの体を引っぱりあげた。それから手をすばやく引っこめ、誘惑されないように数歩離れた。

テサの勝手な行動が招いた損害に、彼女の肩をつかんで意識がなくなるまで揺さぶることもできた。だが、そんな粗野な衝動に身を任せる気はなかった。

「どうして話題になっていると思った？」そう言いながらも、スタヴロスは自分でも脅し口調になっているのがわかった。

「そう聞こえたから」聞き取れないほど小さな声だったが、テサが恐怖を感じているとわかってもスタヴロスは満足感を得られなかった。今は血を見る以外に怒りを静める方法はなさそうだ。僕が文化人で、テサは運がよかった。

「僕らの結婚がマスコミに知れ渡っている」一瞬でも反応を見せないかと、スタヴロスはテサを見つめた。罪を裏づけるものがないだろうか。「あらゆる新聞と週刊誌に記事が載るらしい」

「どうやって……」

「それは僕が教えてもらいたい。結婚が公になったほうが、君は都合がいいんじゃないのか？」

「そんなことはないわ。私はなにもしていない！」

「僕にそれを信じろと？」

「いいえ」テサは首を振った。「私の言うことは信じないんでしょう？　だからといって、私が記者と一言も話をしていない事実は変わらないわ」

「話す。手紙を書く。連絡をとる。手段はどうでもいい。得をするのは君だ」

スタヴロスはポケットに手を突っこみ、無理やりテサから真実を聞き出したいのを我慢した。

「私がマスコミに電話もしていなければ手紙も出していないことは、部下にきけばわかるはずよ。Eメールを出すとしても……オフィスがどこにあるか知らないし、インターネットも使っていないわ」

テサの言い分にも一理あると、スタヴロスは思った。彼女が外部との連絡を絶たれていることは、ペトロスも断言した。しかし、だからといって潔白とは言いきれない。どうにかして連絡したに違いない。

「寝室の窓から手旗信号を送ったと思ってるの？」

「いやみは言わなくていい」スタヴロスはうなるように言った。

「それなら、どうやって記者と話をするの？　私じゃない誰かかもしれないでしょう？」

「同じような動機を持つ人間などいない」彼は言い返した。「君は僕から金を手に入れようとしていた。だが、僕はどんな脅迫にも屈しない」

「これだけ人目を引く話なんだから、なんらかの価値はあるでしょう？　使用人は？　私の存在を知っている人はたくさんいるわ。誰かが――」

「黙れ！」スタヴロスは唐突に手を振り、テサを制した。「責任転嫁をするんじゃない」

「可能性は無視できないでしょう？」

「できるとも。使用人は全員、気心が知れている」

僕は彼らのほとんどと一緒に育ってきた。テサよりは信用できる。「使用人が話をもらすことは絶対にない。だいいち、ここに来る前に君が話をした可能性だってあるだろう」

「あなたのうたぐり深さって相当なのね！」テサは顎を上げ、燃えるような目でスタヴロスを見つめた。

「君はありきたりのことしかしないんだな」残念だ。テサ・マーロウと同じ魅力を持つ別の女性がいたらよかったのだが。

妄想するのはやめろ。

テサとの結婚を解消する方法をさぐるのに、時間を費やしすぎた。スタヴロスは携帯電話を手に、テサに背を向けた。「心配するな、ミズ・マーロウ。いつ、誰によって、どんな形で事実がもれたのか、僕ははっきりさせるつもりだ。誰かが報いを受けることになる」

スタヴロスは今からそれが楽しみだった。

# 6

まだいるわ。

テサは陰に隠れるようにして、邸宅の窓から前の通りを見つめた。テレビ局の車が道をふさいでいる。望遠レンズがときおり道路側の窓に向けられていた。

マスコミがやってきたのは二日前だった。かのデナキス一族の代表が無名のオーストラリア人女性と結婚していたことが、世に知れ渡ったせいだ。

異様に興奮したマスコミは、ヨーロッパでもっとも成功した男性がどうやって妻と婚約者を同時に手に入れたのか、こぞって仮説を立てた。昨夜テレビを見て、テサはぎょっとした。その中でスタヴロスはリムジンを降り、マスコミを無視してモダンなビルに入っていった。魅力と自信を振りまきながら、彼は怖い顔をしていた。怒るのも無理はないと、テサは思った。私はもっとも悪いタイミングで彼の邸宅を訪れてしまった。

ありがたいことに話をマスコミに売ったと責められて以来、スタヴロスとは会っていない。あのとき、彼は暴力に訴えそうなほど怒りで顔を真っ赤にしていた。このところの報道合戦を見ていると、今はどれほど機嫌が悪いのだろう？

テサは首を伸ばした。守衛をすり抜けて門を出たあと、観光客のふりができるだろうか？

巨大なカメラレンズに早朝の太陽が反射して光り、テサは肩を落とした。誰にも気づかれずに抜け出すのは無理だろう。そうなると選択肢は限られてくる。オーストラリア大使館には電話をした。つながったことに驚いたが、かけたのが新聞社だったら違っていただろう。大使館の職員からは、今いる場所にいるようにと忠告された。

パスポートを取りあげられて捕虜も同然なのにですかとは、テサは口にできなかった。皮肉なことに、デナキス家は彼女にとっての避難場所になっていた。何週間も続いていただるさはなくなってきたものの、まだ将来の計画を立てたりマスコミの猛攻に対処したりするほどの体力はない。出ていく勇気をふるい起こすよりは、招かれざる客としてここにいるほうが楽だった。

テサは階段に向かって歩きだした。新鮮な空気を吸いたかった。私有地の中なら人目につかない。

一階の広い居間を通り過ぎようとしたとき、物音がしてテサは足をとめた。スタヴロスが左の扉から彼女をじっと見つめていた。まるで来るのを知っていたかのように。

その強烈なまなざしにテサは身震いし、気づいていないふりをして通り過ぎたくなった。だが、とまらないわけにはいかなかった。スタヴロスはダークスーツに真っ白なシャツ、深紅のネクタイという姿だった。いかにも成功したビジネスマンという感じだ。しかし目を見れば、別の顔が隠れているのがわかった。本当の彼は荒々しい力を秘めており、大物実業家としての顔はもっと本能的に危険ななにかを隠すための仮の姿にすぎないのだ。

しかしテサには、スタヴロスが持つ力は事業とも莫大《ばくだい》な富とも関係ない気がした。むしろ鋼のような意志と生来の自信、最高の服でも隠すことはできない純粋な男らしさのせいという気がした。

彼の野生の獣のようなところに惹《ひ》かれているわけではない。けれど脈が速まり、息づかいが不規則になるということは、私は自分でも理解できないほど彼に惹かれているのだろう。

「ミズ・マーロウ」彼がにこやかに会釈した。

「ミスター・デナキス」テサは必死に彼と目を合わ

せた。

一瞬口の端が片方だけ動き、スタヴロスがかすかな笑みを浮かべた。だがそれはすぐに消え、前にもまして陰鬱《いんうつ》で険しい顔になった。「話がある」

聞かないわけにはいかないようだ。テサは胸を張ってスタヴロスがいる部屋に入った。彼がドアの脇《わき》に寄り、ほっとする。彼とはなるべく距離をおきたかった。

「座ってくれ」すぐ後ろで低い声がし、テサは思わずさらに前に進んだ。巨大な書斎を見まわすと、最新式の機器とつやつやした巨大な机、大きな黒い革張りの椅子が目に入った。テサは来客用の椅子に座らず、ローテーブルのまわりに並んだ座り心地のよさそうな椅子に腰を下ろした。

スタヴロスはテサの向かい側には座らなかった。代わりに床から天井まである窓に近づき、長い間空と海を見つめる。しばらくして振り返ったが、その顔に表情はなかった。肩が硬直しているのが不吉だ。

「君に謝らなければならない」彼は唐突に言った。

テサは聞き間違いをしたかと思った。彼から謝罪の言葉を聞くなんて。「私を信じてくれるのね?」

「君がマスコミに話をしていないという話はね」

「誰の仕業だったの?」

「婚約パーティの仕出し業者が雇った臨時のウエイターだ。話を聞いた記者から直接証拠をつかんだ」

スタヴロスの声には凍《い》てつくような非難がこもっていたが、その奥には怒りの炎もくすぶっていた。

テサはぶるっと震えた。一般的に記者は情報源を決して明かさない。情報を入手するために彼がどんな圧力をかけたのか、想像するのも恐ろしかった。

「そのウエイターはどうなったの?」真犯人がわかって安堵《あんど》するべきだったが、ウエイターがどんな代償を支払ったか、テサは考えずにいられなかった。

「報いを受けたよ」スタヴロスはその光景を思い出

しているようだ。「同じ職は二度と得られなくなった。ギリシア以外の国でも国際的な企業なら、雇われることはないだろう」

容赦ない口調に、テサは凍りついた。

「厳しすぎると思っているのかい？」

「いいえ、ええ、その……彼が新たなチャンスをつかむのは大変だろうと思ったの」

スタヴロスは肩をすくめた。「雇主と取引先を裏切る前に考えるべきだったんだ。金が欲しいなら、ほかの人間と同じように誠実に働くべきだった」

テサはなにも答えられなかった。

「楽して稼ぎたかったんだろう」彼がゆっくり近づいてきた。「結婚を手段にする女性と同じだ」

彼女は息をのんだ。またた。話はもうすんだと思っていたのに。スタヴロスが全身で非難しているのがわかり、テサは立ちあがった。「私がマスコミに話していないとわかったのに、それでもお金めあてだと思っているの？」

「僕に潔白だと思われたいなら、それくらいじゃ無理だ」スタヴロスはさぐるようにテサを見つめた。

隠しだてしていることなど一つもないのに、非難されるのはうんざりだ。「疑ってばかりの人生って、さぞわびしいでしょうね」スタヴロスをにらむ。

「婚約者が温厚な女性だといいけれど」

「婚約者だと？」スタヴロスは奇妙な口調できき返した。その瞬間、テサは自分がまずいことを言ったのに気づいた。

「ええ、婚約者よ」テサが果敢に見つめていると、彼の目は暗い真冬の嵐《あらし》のような色に変わった。

「冗談のつもりなら的はずれだ。それとも、僕の傷口に塩をぬりこんでいるつもりなのか？」

「私……」わけがわからず、テサは顔をしかめた。

「純情ぶるな、ミズ・マーロウ。婚約者がいなくなったことは知っているだろう」スタヴロスは身を乗り出し、テサにつめよった。「君のせいで」

怒りを発散させるように、彼は拳《こぶし》を作っては開いていた。テサは慎重に一歩下がったが、手を伸ばされたら逃げられそうになかった。口の中がからからになる。「知らなかったわ」

スタヴロスはその言葉の意味を考えた。「なにを見てもそう書いてある。僕の私生活が事細かにね」彼は敵意を隠そうともしなかった。

「ギリシア語はわからないから知らなかったの」テサはそう繰り返したが、スタヴロスは正しいという思いに呆然《ぼうぜん》としていた。私のせいだ。私が来なければ……。「ごめんなさい」非難しているような彼を見つめる。「婚約を解消せずにすむ方法が――」

「君と正式に結婚しているのに？」スタヴロスはあざわらった。「無理だね。アンジェラにその気があったとしても、無傷ではすまない。マスコミに話がもれた日に、婚約は解消した」

スタヴロスの目を見れば、顛末《てんまつ》が好ましいものではなかったことがわかる。彼はその報いを要求するつもりでいるのだ。

テサは不安で胸がどきどきした。釣り針をのみこんだ魚みたいに、少しずつ悲運へとたぐり寄せられている気分だ。スタヴロスが温かみのかけらもない笑みを浮かべ、彼女は膝に力をこめて逃げ出したくなるのをこらえた。

「だから、残されたのは僕たちだけだ」彼が近づきながらささやく。「すばらしいだろう？　妻と二人きりなんて」手を伸ばし、しっかりとテサの肩をつかんで容赦なく引き寄せた。

スタヴロスの冷たい目を見て、テサは心底恐ろしくなった。どんなにあがこうと、彼の腕はびくともしない。私をしっかりととらえておくのが、彼の望みだったのだろうか？　そう思ったとたん、テサは動くのをやめた。胸は激しく打ち、息づかいが荒く合おうじゃないか」

ヘリコプターが飛び去るのを見たのは一時間も前だった。だがスタヴロスがいないとわかっても、テサは部屋から出る気力がわかなかった。彼は私をもてあそんでいるだけで、本気で腕力を用いたりはしないだろう。それでも脅しを含んだ声を思い出しただけで、テサは身震いした。彼の目も態度も怒っていた。もっと怖いのは、彼の押し殺した欲望だ。

一人だとわかっているのに、テサは庭に出る前に階段の下で耳をすませた。かちかちというせわしない音が聞こえる。声も誰かが動く気配もなく、ただ音がするだけ……なんの音だろう？

テサは興味を引かれ、タイル張りの広い居間へと向かった。木彫りのテーブルの脇に、真剣な顔でなにかの駒《こま》を動かしている男性がいる。

テサは息をのんだ。広い肩、尊大に突き出した顎、

なる。

「それでいい。素直なのはいいことだ」スタヴロスはテサの肩に置いた手を鎖骨にすべらせ、喉元で広げた。今は軽く触れているだけだが、少しでも動いたら彼は手に力をこめるつもりに違いない。テサの肌は焼けつくように熱くなった。「さて」彼が不気味な笑みを浮かべた。「問題は君をどうするかだ」少し間をおいて続ける。「いい案はないかな？」

テサは息ができなくなった。スタヴロスの手に喉を軽く撫《な》でられ、体の力が抜けていく。次の瞬間、彼は片手でテサの顎を包みこんだ。強くはないが、逃れられるとは思えなかった。

「アテネで弁護士と約束があるのが残念だ。理由はわかるだろう？」スタヴロスは冷たく言い、恋人にするようにテサの下唇を親指でなぞった。「心配しなくてもいい、妻よ」彼は吐息がかかるまでテサに体を近づけた。「君をどうするかは、帰ったら話し

大きな体。明らかによく似ているけれど、目の前にいる男性はスタヴロスよりうんと年配だ。白髪だし、顔にはしわが刻まれている。それに病気なのか、頬がこけていた。

音がやみ、男性が顔を上げてまっすぐにテサを見つめた。彼女が部屋の端をうろついていたのを知っていたかのようだった。「ごきげんよう《カリメラ》、ミセス《キリア》・デナキス」男性は驚くほどスタヴロスに似た目をテサから離さなかった。

「すみません」テサは小さな声で言った。「ギリシア語はわからないんです。なんとおっしゃいました？」

男性は歓迎しているともいらだっているともとれる表情を浮かべた。「ごきげんよう、ミセス・デナキスと言ったんだよ」かすれた声にはスタヴロスにはない深みがあった。

男性の言葉も口調も恐ろしくて、テサはその場に立ちつくした。否定しようと口を開け、ふたたびつぐむ。法的には間違いではない。たしかに、私はスタヴロスの妻だ。その事実に、彼女は身震いした。

「君に会いたいと思っていた」男性は続けた。スタヴロスと同じように容赦なくテサを値踏みしている。「私はヴァシリス・デナキス。君の義理の父親だ」

ヘリポートから我が家に向かって大股に歩きながら、スタヴロスはほっとしていた。マスコミは虫のようにつきまとい、僕の一挙一動をカメラにおさめた。情報を得られるはずもないのに！

マスコミに追われながら育った彼は、注目されることに慣れていた。だが、今回の騒動には堪忍袋の緒が切れそうだった。業界で屈指の警備員でさえ、無謀なパパラッチには手を焼いていた。

いちばん不愉快なのは、手にある状況に陥ったことだった。四年前に自分がとった行動が元凶だと思っても、なぐさめにはならなかった。

加えて婚約破棄の代償についてアンジェラの伯父と電話したばかりなのも、怒りに拍車をかけた。テサに対する恨みは刻一刻とふくらむばかりだ。

少なくとも、弁護士と広報担当の対応は見事だった。よけいなことは口にせず、するべき仕事だけをこなしてくれた。おかげで、スタヴロスは問題の解決に意識を集中させることができた。

スタヴロスは邸宅の扉を押し開けた。今必要なのは、熱いシャワーとブランデーだ。それとも、ジムで体を動かして緊張をほぐそうか。

神経は張りつめ、ぴりぴりしていた。マスコミに追いかけられる毎日にいらいらしていた。

こんなことは初めてだ。

階段に差しかかったとき、低い話し声が聞こえた。父親のしわがれた笑い声も聞こえる。意地っぱりな父がなにをしに来たのだろう？　普段は湾の反対側に立つ古い別荘から動こうとしないのに。僕の言うとおり、こちらに住む気になったのだろうか？

それはない。父親は頑固一徹な男だ。スタヴロスは居間に向かった。父は友人をもてなしているようだが、なぜここを使っているのだろう？

いやな予感がし、スタヴロスは足を速めた。なにかが起こっている。彼は部屋の角を曲がったところで急に立ちどまった。息をするのも忘れていた。

どういうことだ？　信じられない。

スタヴロスの父親は義理の娘とバックギャモンというゲームをしていた。彼の妻と。テサは混乱の原因であり、信用ならない詐欺師だ。夫を笑いものにし、金を巻きあげようとしている張本人なのに。

ボードの上にかがみこむ二人は、うちとけた雰囲気をかもし出していた。とても仲がよさそうだった。

スタヴロスは憤慨するあまり拳を作り、部屋に入ってボードを床にたたきつけたい衝動をこらえた。

腹黒いあの女性の体を起こし、揺さぶって罪を認めさせたかった。

スタヴロスはしばしその妄想にふけり、テサの顔に浮かぶだろう恐怖を思い描いた。結婚していたことをマスコミにもらしていなかったとしても、すでに彼女は大騒動を引き起こしている。そして今度は、バックギャモンに目のない父親の気を引こうというのか。

スタヴロスは髪に手をやり、鉄のような自制心を取り戻そうとした。だが、うまくいかなかった。

父親は大喜びしている。駒を動かすテサに満足そうにうなずきながら、笑ってさえいた。愚かな老人ほど手に負えないものはないと、スタヴロスは思った。父親がか弱くいじらしいテサ・マーロウにまいってしまうのはわかっていた。彼女の甘い嘘《うそ》に耳を貸し、その言葉を信じたのだろう。

ヴァシリス・デナキスは若い美女に弱かった。三度もおだてられてだまされ、財産のためにベッドをともにした女性たちと結婚までした。

父親が連れてきた女性の本性をさぐるのは、スタヴロスの役目だった。熱をあげた父親が目を覚ますのをひたすら待つのはつらかった。

スタヴロスは早くから女性についての教訓を学んでいた。テサ・マーロウがいくら繊細で美しくても、僕はだまされたりしない！

スタヴロスは険しい顔で部屋を横切った。テサはどのくらい父親をまるめこんだのだろう？

「楽しんでいるかい？」

低く嘲笑《ちょうしょう》するような声にテサはびくっとし、さいころが大きな音をたててボードの上を転がった。さっと顔を上げると、スタヴロスがゆっくりとこちらに向かってくるのが見えた。

固まっているテサの横で、スタヴロスは足をとめた。呼吸に合わせて彼の胸が上下するのがわかる。ネクタイをゆるめた喉の脈が規則的に打っているのもはっきりと見える。

　だがテサの目を奪ったのはスタヴロスの力強い体ではなく、獲物を狙《ねら》うような鋭い目つきだった。爆発寸前のその目は激しい感情にぎらついており、彼女は恐ろしくなった。濃いグレーの目がテサの顔から体へと下り、もう一度顔に戻る。素肌を撫でるような視線に、テサは不本意ながらも興奮した。その目を見ていると、まるでスタヴロスの楽しみのために存在している気がした。

　うなじの毛が逆立ち、テサは身震いした。スタヴロスがゆっくりと笑みを浮かべる。私がおびえているのを楽しんでいるのだ！　彼女は立ち向かおうと背筋を伸ばしたが、手にはべっとり汗をかいていた。スタヴロスのほうが体も大きく力もあったけれど、必要なら全力で戦うつもりだった。


「のみこみの早い女性だ」ヴァシリスが言った。「練習すれば、手ごわい相手になりそうだよ」

　テサは驚いて、向かい側にいる無表情の男性に目をやった。意外にもいい話し相手だった義理の父親は、自分の言葉の重みを判断するかのように息子をじっと見つめている。

「彼女を見くびると痛い目にあうぞ」老人は続けた。

「心配ないさ、父さん。この女性に最大限の注意を払わないのは愚か者だけだ」

　不安とはいえ、まるで自分がいないかのような会話にテサは怒りを覚えた。「楽しいゲームでしたわ」ヴァシリスとのひとときが終わったことを察して、ためらいがちにほほえむ。「ゲームを教えてくださってありがとうございました」

「楽しませてもらったのは私のほうだよ」ヴァシリスが礼儀正しく頭を下げ、テサは驚いた。デナキス家の男性は社交的な魅力も持ち合わせているようだ。

少なくとも、年配の男性のほうは。

テサはかたわらにそびえたっているようなスタヴロスを意識せずにはいられなかった。彼はいらだちと、テサが絶対にかかわりたくない危険な感情を全身から発していた。

「次のゲームを楽しみにしているよ」ヴァシリスが言った。テサはスタヴロスを盗み見たが、彼は父親に注意を向けていた。

緊迫した空気と、二言目には自分を脅す男性から逃れるいい機会だ。テサは大きなタイルに傷がつくのも気にせずに、後ろに椅子を押しやった。「積もる話もあるでしょうから、失礼します。私はちょっと……」

「どうするんだ、テサ?」スタヴロスの低い声はテサの神経をざわめかせた。「ちょっと、なんだい?」

テサは顔を上げ、なんとかひるまずにスタヴロスの痛烈な視線を見つめた。心臓は狂ったように打っている。彼女はごくりと唾《つば》をのみ、汗をかいた手でスラックスを伸ばした。

「髪を洗わないと」意味は好きに解釈すればいい!

テサは堂々と落ち着いて見えるように立ちあがった。その間も不安でたまらなかった。ヴァシリスに会釈し、彼の息子に冷たい一瞥《いちべつ》をくれると、ゆっくり歩くよう自分に言い聞かせながら巨大な部屋をあとにする。だが階段の途中に来ると意気込みもしぼんでしまい、彼女は自分の部屋へと駆けあがった。

バスルームで結んだ髪を下ろそうとしたテサは、誰かに見られているいやな予感がした。首筋がぞくぞくする。テサは戸口の方を振り返った。

スタヴロスはネクタイを取ってジャケットを脱ぎ、シャツの袖《そで》をまくりあげていた。頭上のドア枠にになげなく腕をかけて立っているが、その表情は自然とはほど遠かった。顔をしかめてもいないのに、不機嫌なようすが伝わってくる。もっと切迫した強烈な感情もほとばしっていて、テサはあとずさりしたい衝動に駆られた。しかし、逃げ場はどこにもない。

逃げ出したいという本能的な衝動を抑えようとすると、鼓動がいっそう速くなった。そうするにはスタヴロスの脇を通らなければならないが、目を見る限り彼は通してくれそうにない。なにをするつもりなのだろう？

「僕のもてなしを、君は最大限に利用しているようだな」スタヴロスの声は液体の水銀のようだった。重く、絹のようになめらかで、憎悪に満ちている。

テサは答えなかった。なにを言っても彼を刺激することがわかっていたからだ。ドア枠にかけた盛りあがった腕の筋肉から残忍そうな口元、ぎらぎらと光っている目へとすばやく視線を走らせる。明らかに彼は危険そのものだった。

スタヴロスがゆっくりと腕を下ろし、緊張をほぐすように後ろに伸ばすと、テサは目を大きく見開いた。彼は究極の猛獣だ。それなのに……私はスタヴロスの男らしい姿を女性として歓迎している。

「父を利用できると思うな」今度の声に絹のようななめらかさはなかった。刺々《とげとげ》しく、断固とした口調には怒りがにじんでいた。

「別にそんなつもりは――」

「僕が君の策略に気づいてないと思ったら大間違いだ」スタヴロスがそう言いながら足を一歩進めると、バスルームが急に狭く感じられた。

「そんなことは一度も――」

「今回の件は君と僕の問題だ。誰も巻きこむな」スタヴロスがさらに近づき、テサは目を合わせるために顎を上げなければならなかった。「わかったか？」

テサはすばやく一度だけうなずいた。スタヴロスの目がはっきりと見える距離にいる今、なにも言うことができなかった。

心臓はすさまじい速さで打っており、すぐにも口から飛び出しそうだった。テサは口を開いてぎごちなく息を吸ったが、スタヴロスが自分の唇に視線を向けているのに気づいた。

次の瞬間、テサの体の奥に火がついた。ぎらぎらした目が見つめる中、震えながらもう一度息を吸いこむと胸がどうしようもなく締めつけられた。

ここから出なければ。スタヴロスがこんなに近くにいると、閉所恐怖症になりそう。どうやってかは知らないが彼は空気をかすめ取っているみたいで、呼吸がうまくできない。

テサは横に小さく一歩動いた。しかしスタヴロスは鏡張りの壁に手を広げ、彼女の行く手をはばんだ。

「お願い」しかたなくスタヴロスと視線を合わせ、彼女はすべてを焼きつくすような瞳を見つめた。

「行かせて」

重苦しい沈黙が下りた。聞こえるのは調子の狂ったテサの心臓の音と、不規則な息づかいだけだった。

「もちろん行かせてあげるさ、テサ」スタヴロスがかすかな笑みを浮かべた。肉食動物のように白く大きな歯があらわになり、テサは恐怖で息ができなくなった。「君を追い払うことができたら、どんなにうれしいか」彼はささやいた。「でも……今はまだ……だめだ」

テサは催眠術にかけられたように、荒々しい目が近づいてくるのを見つめた。熱い吐息が頬にかかる。スタヴロスの唇からはざらついたうなり声がもれていた。

彼を押しのけないと、とテサは思った。動くのよ。

しかし、テサはスタヴロスの唇を息を殺して待っていた。熱い体に包みこまれ、彼女は避けられない力に身をゆだねた。

# 7

キスは激しく、執拗《しつよう》で、むさぼるようだった。

刺激的でもあった。スタヴロスは独占欲もあらわにテサの腰に腕をまわし、あいているほうの手を髪にくぐらせて頭を押さえた。その力強さとテクニックに、テサはなすすべもなかった。

征服するようなキスに抗議しようと、口を開けてくぐもった声をあげる。

しまったと、テサはぼんやりとした頭で思った。スタヴロスが勝ち誇ったように舌を差し入れ、無言で服従を要求する。その瞬間、彼女は負けを認めた。

スタヴロスはテサの全身の感覚を刺激した。彼の肌から漂う麝香《じゃこう》の香り。喉からこみあげる満足そうなうなり声。テサを包みこむがっしりした体。髪を撫《な》でる手つき。口づけはすばらしく、彼女はもっと欲しくてたまらなくなった。

硬い胸に手を押しあてたテサは、絹のシャツ越しに熱を感じた。てのひらの下で、心臓が激しく打っている。スタヴロスの素肌に触れたいと、彼女は思った。欲求が駆けめぐり、体の中で炎が燃えているようだ。してはいけないのにとめられない。テサはスタヴロスのものになることをずっと夢見てきた。身も心もどういうわけか彼を歓迎し、一緒になって理性を裏切っているみたいだった。

さまざまな感覚が矢のように突き刺さり、テサはおなかの奥に欲求が渦巻くのを感じた。スタヴロスのがっしりとした胸に胸を押しあてると、胸の先端がうずいた。

スタヴロスが舌をからめ、テサはその荒々しく誘惑するような激しい動きに応《こた》えずにいられなくなった。ためらいがちにスタヴロスのまねをしてキスを返すと、彼が一瞬驚いたように凍りついた。全身がこわばり、鼓動さえもとまったみたいだった。

それから、スタヴロスはテサを持ちあげるようにして熱い体に引き寄せた。彼の欲望は生々しくあらさまで、テサの体の中で熱く甘いなにかがとろけた。

テサが性急に腕をまわすと、スタヴロスは彼女のヒップを両手で包みこみ、さらに高く持ちあげた。彼の興奮の証《あかし》が体の中心にあたり、テサは初めて経験する喜びをさらに求めるように必死に体をくねらせた。神経は高ぶり、スタヴロスを渇望していた。これほど一人の男性を欲したことはなかった。

スタヴロスがキスをいっそう深めた。テサは彼のやわらかい黒髪を両手でつかみ、征服される喜びを味わった。しかし自分をあっという間にとりこにし、とてつもなく興奮させた彼が怖くもあった。

テサはスタヴロスのために顔を傾けた。巧みなキスに頭がくらくらし、その先を望まずにはいられない。

スタヴロスがやっと離れたとき、テサの唇はずきずきとうずいていた。彼の目は情熱的にきらめいている。欲望は満たされていないというように、スタヴロスはテサを抱き寄せたままだった。

合わさった胸と胸を大きく上下させ、二人は不規則でざらついた呼吸を繰り返した。

沈黙の中、テサは混乱する思考を整理しようとした。今起こったことを理解し、彼の浮かべている表情の意味をさぐらなければ。情熱と強い感情、激しさ以外にも彼にはなにかある。

冷たい現実に引き戻され、テサは急に体を震わせた。スタヴロスは私を嫌い、金めあての嘘《うそ》つきだとののしった。そしてほんの数日前まで、ほかの女性と婚約していた。なんてこと！

テサは体じゅうが熱くなった。なぜ忘れていたの？　どうして彼に好きなようにさせたの？

「たいしたものだ」スタヴロスはテサが離れないように、しっかりと抱き寄せたままささやいた。そんなふうに触れられるとまるで彼の所有物になったみたいで、テサは興奮しそうになるのを必死にこらえた。「君は僕が知っている最高の女優か、もしくは……」言葉を切り、ゆっくりとテサを下ろす。一センチずつ床が近づくにつれ、テサは欲望の力を思い知り、罪悪感に襲われた。彼はまだあからさまに高ぶっており、体の震えがとまらない。

愕然《がくぜん》とするほど弱い自分に失望し、テサは目をぎゅっとつぶった。

「もしくは」スタヴロスはふたたびささやき、じらすように唇をテサの耳にかすめさせた。「本気で僕を求めているかだ。どっちなんだ、テサ？　この場で脚を開くほど、僕が欲しいのかい？」先ほどの愛《あい》撫《ぶ》を思い出させるようにテサの背中を撫であげた。

彼は本気ではなかったのだろうかと、テサは思った。すべては仕組まれたこと？　ひょっとしたら、スタヴロスは悪趣味でひねくれたゲームを仕掛けていたのかもしれない。私の弱点を見つけて、使わない手はないと思ったのだろうか。

私に経験がないことを、彼は知っている？　私をやすやすと誘惑することで、途方もない自尊心を癒《いや》していたのだろうか？

テサは急に身を引き、手足をばたつかせた。大打撃になるはずの場所を蹴《け》ろうと膝を持ちあげたが、スタヴロスはすばやくよけた。バランスを崩し、テサはずるずると座りこみかけた。

スタヴロスがテサの腰をつかんだが、彼女は彼を押し返した。「放して！」

テサはよろめきながら寝室へ走っていった。新鮮な空気を吸わなければ気持ち悪くなりそうだ。興奮と熱い素肌の香りが立ちこめるバスルームから窓を開けた寝室へ来ると、正気に戻った気がした。

「触らないで！」スタヴロスの気配がして、テサは振り返った。スタヴロスは戸口に立ち、体をこわばらせて彼女を見つめている。それでも長い腕が届かないように、テサは数歩あとずさった。

「さっきは文句なさそうだったが」スタヴロスの言葉にテサは目をそらし、彼の腕の動きに身構えた。スタヴロスはまっすぐテサを見つめている。

「あれは間違いよ。あなたが無理やり――」

「違う！　これ以上嘘を重ねるな、テサ」スタヴロスは一呼吸おき、胸を大きく上下させた。「僕は無理強いはしていない。君は喜んで応じたんだ。積極的に」彼が一歩近づき、テサはどきりとした。「ふしだらに」

「いいえ！」視線がぶつかると、テサはまたしても我を忘れそうになった。彼のまなざし一つで、物事の善悪がわからなくなるなんて。「違うわ」テサはそうであってほしいというようにささやいた。スタヴロスの巧みな愛撫を切望している体に、なんとか言うことを聞かせなければ。

「いいや、そうだ」スタヴロスはわけ知り顔でテサを一瞥《いちべつ》した。震える脚、上下を繰り返す胸、硬い拳《こぶし》、彼を望むようにとがった胸の先端を眺める。

私はふしだらなの？　テサは身震いした。あからさまに興奮しているの？　一人になりたいのに欲望の名残とも闘わなければならず、心は引き裂かれそうだった。「あなたなんて欲しくないもの」彼女は嘘をついた。

「体はそう言っていなかったが」かすかにゆがんだ唇と悦に入った口調から、彼が残忍な楽しみを見いだしているのがわかる。なんて人！

「どう思われようと関係ないわ。近寄らないで」

婚約を解消したものの、スタヴロスは気持ちではまだアンジェラをあきらめられないに違いない。結婚を考えるほど親密だったなら、深く思いを寄せていたのだろう。ほかの女性に心があるのに私を求めたのは、わざと侮辱するためなのだ。

スタヴロスの唇が非難するように引き結ばれるのを見て、テサは反撃に出た。「元婚約者の彼女はどうするの？　別れて間もないあなたがこんなことをしているなんて、知りたがらないと思うわ」

スタヴロスが二人の距離を縮めた。怒りが波のように押し寄せ、テサを包みこむ。テサは逃げ出したいのを必死にこらえた。彼が許さない限り、逃げ場などないのだ。

テサはしかたなく顎を上げてスタヴロスを見た。にらみつける彼の視線は驚くほど激しかった。

「僕をまた脅迫するつもりか？」なめらかなささやき声に、テサは恐怖で背筋が冷たくなった。

テサは唾《つば》をのみこみ、唇を湿らせた。「私は脅迫なんてしたことはないわ。でも、あなたは忘れているみたい——」

「いいや」スタヴロスの目は燃えるようだった。「僕はなに一つ忘れない。君が目的のために僕を利用しようとしたことは、とくに覚えているよ」テサは口を開いたが、彼の凍りつくような口調にさえぎられた。「僕の前ではアンジェラの名前を二度と出すな。そのほうが君の身のためだぞ」

テサはうなだれ、両手を体にまわした。彼はなんでも私のせいにするつもりだ。当然かもしれない。私が世間知らずだったせいで、とんでもない事態を招いてしまった。愛する女性を失い、スタヴロスの憎しみはいかばかりだろう。そう思った瞬間、テサは殴られたような激しい痛みを感じた。

「心配しているようだから言っておくと」スタヴロスはいちだんと低い声で重々しく言った。「僕とアンジェラはすっぱりと縁を切った。だから、君の申し出を断る必要はないんだ」

　重苦しい沈黙が流れたあと、テサは喉をごくりとさせた。

「変化は人生のスパイスというからね。君が僕の財産を手に入れるためにどの程度のことをするつもりなのか、興味があるところだ」スタヴロスが言葉を切ると、二人の間の沈黙がさらに重たくなった。そして、抑えきれない感情も増していった。

　スタヴロスは目の前の女性を見つめながら、手に負えない想像力をなんとか抑えようとした。

「君は僕をからかっているだけなのか？　それとも、今度こそは正直になって、僕に体を差し出すつもりなのかい？」

　二人の間に芽生えた並々ならぬ力が相手の本能に伝わるよう、スタヴロスは言葉を選んだ。彼自身も、テサと同じくらい己の欲求と闘っていた。

　スタヴロスはテサの甘い香りを吸いこんだときに溺《おぼ》れた感情の渦をはねのけたかった。テサはほかの女性たちとは違って特別なのだという幻想を振り払いたかった。

　だがわざとぶっきらぼうに冷たくふるまっても、効果はなかった。テサの成熟したすばらしい体と不器用ながらも熱心だった仕草が脳裏を離れず、彼女のとりこになっていた。

　違う！　これがテサの作戦で、いつもの手段なのだ。僕を引っかけようとしているのだ。

　それなのにスタヴロスの頭の中は、テサのみずみずしく官能的な唇の記憶でいっぱいだった。彼女の喜びの声を聞いたときに体を駆けめぐった興奮が忘れられない。あのとき、テサはたしかに僕のキスに応えていた。

　テサのほっそりした腰をつかんだ瞬間、説明のつかない所有欲を覚え、スタヴロスは愕然とした。腰までであるやわらかな髪が触れると、我を忘れそうになった。テサを求めて体じゅうがうずく。彼女の正体を知った今でもそうだ。

「やめて」その一言を、テサは絞り出すように言った。まるでどこか痛むみたいだ。スタヴロスを見ていられないというように、彼女は目をつぶっている。

そんな姿を一瞬でも信じるほど僕は愚か者ではないと、スタヴロスは思った。僕は父親の犯した過ちを目のあたりにしてきた。同じ道など歩むものか。

ただ、テサが呼び覚ます感情に立ち向かうすべがないのが悔しかった。単純な法律上の問題として、彼女のことを金で片づけられたなら。テサが僕の心にこっそりと入りこみ、なにもかもだめにしてしまうような女性でなければよかったのだが。

なんてことだ！　先ほどのキスのせいで妄想がひどくなっている。僕は夜も眠れないことだろう。

スタヴロスの声は自己嫌悪で刺々《とげとげ》しかった。「まず、君の取引条件を聞いておこうか。和解金を出すときに、解釈の違いがあるといけないからな」

テサが目を見開いた。吸いこまれそうなほど深い緑色の瞳にはさまざまな感情が渦巻いており、スタヴロスはそれ以上なにも言えなくなった。

彼女はまぎれもなく傷ついている。テサの生々しい苦痛の表情に、スタヴロスは胸をわしづかみにされた気がした。息もできないほど喉が締めつけられる。テサの顔からは血の気が引き、唇はつらそうに引き結ばれていた。

「テサ……」スタヴロスは思わずかすれた声でささやきかけた。彼女の痛みを自分のことのように感じ、そうせずにはいられなかった。

どういうことだ？　潔白を装った演技にだまされる気か？　スタヴロスはかぶりを振り、ふとわきあがった強い疑いを忘れようとした。

テサは相変わらずスタヴロスを見つめたままで、

彼は自分が子供や無防備な動物に怒りをぶつける常識知らずになった気がした。悪いのは嘘つきでずる賢いセクシーな美女ではなく、自分のような気さえした。

彼女は今までスタヴロスが腕に抱いてきたどんな女性ともまったく違っていた。彼の理性も自尊心も突き崩し、秩序立った世界を途方もなくおびやかしていた。

「もう出ていって」テサの声はか弱く、抑揚がなかった。どくどくと脈打つ音が耳元でするせいで、スタヴロスはその言葉がよく聞き取れなかった。

こぼれそうになる涙をこらえようと、テサがまばたきをした。けれど、スタヴロスを見る目にはまだ涙が光っていた。

スタヴロスはぴくりとも動かなかった。しかししばらくして、不思議な熱が喉から顔へと広がるのを感じた。

張りつめた表情で顎を上げ、しっかりと前を見つめるテサからは決意と気品がにじみ出ていた。驚いたことに、スタヴロスは急に自信をなくした。僕が間違っていたのか？　彼女は金めあてではなく、真実を語っていたのだろうか？　一瞬信念にひびが入り、人生をかけて学んできた教訓が根底から揺らいだ気がした。

だが次の瞬間、分別が戻ってきた。見事だ、とスタヴロスはテサをほめたたえた。楽な生活を求める女性をおおぜい見てきた僕の人生の中でも、彼女ほどすばらしい女優はいない。

「なぜ僕が出ていかなければならない？　僕は君の夫だ。夫としての権利がある」

スタヴロスは狂ったように脈打つテサの喉に目を奪われた。その直後、自分は彼女を徹底的に傷つけたのだという罪悪感が襲ってきた。

「行ってほしいから」テサは少し言いよどんだ。

「お願い」スタヴロスを見つめたあと、彼女は背を向けてぎごちなく窓辺に歩いていった。そのまま両腕を体にまわして肩を縮める。「私――」

「もういい！」スタヴロスはテサの言葉をさえぎった。いたいけな無実の人間をいたぶる悪党か、猛獣にでもなった気分だった。これ以上はなにも聞きたくない。彼は廊下に出て、後ろ手にドアを閉めた。その場に立ちつくし、脈が耳鳴りのように鳴り響くのを聞きながらなにが起きたのか理解しようとした。

僕はなににいちばん心を乱されたのか？一緒にいればいるほどわき起こるテサ・マーロウに対する飢え？自分が悪いことをした気になったから？それでは、まるで今回の騒動でテサだけが潔白みたいじゃないか。

どちらにしてもぞっとする。僕がとんでもないまねをしたことになるからだ。

こんなことは初めてだ。前代未聞だぞ。

## 8

それ以来、スタヴロスはテサにかまわなくなった。毎朝早くに邸宅を出ては、ヘリポートに向かっていく。彼は私に身のほどを思い知らせて毎晩ぐっすり眠っているのよと、テサは思った。

テサはあのときのキスを忘れられずにいた。スタヴロスの腕に抱かれたすばらしい感覚と、それが侮辱だったと知ったときのおぞましい嫌悪感にさいなまれていた。彼を思いきり殴ってやりたい。心に負った痛みをほんのわずかでいいから味わわせたい。あの筋肉のついたがっしりとした体にそんなことができるなら、の話だけれど。

テサはスタヴロスに抱きしめられた感触を思い出

した。むさぼるようにキスをされたことも。恥ずかしいが、そのたびに体は燃えあがった。

テサはスタヴロスを崇拝し、自分のために命を捨てた正義の味方だと信じてきた。不安とホームシックの中でも、いちずに彼を思いつづけた。

しかし実際のスタヴロスは氷のように冷たく、怒りっぽくて、辛辣《しんらつ》で、テサを脅すことも平気でやってのける男性だった。それなのに、まだ四年前のスタヴロスが忘れられない。テサを守り、一人の女性として扱ってくれた彼が。

皮肉にも、テサはスタヴロスの立場を理解していた。彼は家族とアンジェラを卑劣な女から守っているつもりなのだ。義理の母たちについて語るスタヴロスの目には表情がなく、骨の髄まで冷酷だった。彼は他人を信用することに慎重なのだ。だから、まず疑ってかかるのだろう。

でも、ひどいふるまいをする言い訳にはならない。テサはスタヴロスの無礼な言いがかりを思い出した。それなのに軽蔑《けいべつ》されて怒っていても、つい彼に同情を覚えてしまうのはどういうことだろう？

今は先のことを考えなければ。スタヴロスが夫ではなく……過去の人となるときのことを。

今、テサはリムジンの後部座席に深く腰かけていた。だが、海岸沿いの古風な趣がある町の風景には目もくれなかった。スタヴロスの警備員がついているとはいえ、一時間だけでも邸宅の外に出られたことを喜ぶべきなのに、彼女は絶望の波にのまれそうだった。

私の人生はめちゃくちゃだ。ギリシアを出ても、問題は解決されない。オーストラリアに帰ったら、マスコミをかわしながら部屋と仕事を同時にさがさなければならないだろう。それも、結婚を法律的にきちんと終わらせたあとでだ。夫とは二度と顔を合わせたくないのに、どうすればいいのだろう？

テサは目を閉じて深呼吸をした。過ぎたことをあれこれ悔やんでもしかたがない。ヴァシリス・デナキスとの面会に意識を集中させるのよ。ほんの三十分前、テサはスタヴロスの父から呼び出されたのだった。なぜ義理の父は私に会いたいのだろう？

スタヴロスは生まれ育った家の中庭でふと足をとめた。ここに温かな笑い声に包まれた家庭があったころを思い出す。家には潮の香りと、母親がいつも身につけていたジャスミンの香りが漂っていた。あまりにも生々しい記憶だった。しかし、スタヴロスは記憶の中のことではないと気づいた。庭の隅からは、実際にジャスミンが香っている。

彼は顔をしかめた。父親はいつの間にジャスミンを植えたのだろう？ヴァシリスの三番目の妻は北欧系の冷たい美女だった。彼女は中庭が古くて流行遅れだと言い放ち、植物を全部掘り起こして舗装するよう指示した。

スタヴロスはしぶしぶドアを開けて中に入った。父親がまた美しい女性にのめりこむ姿を見るのはいやだった。

今週テサは、毎日ここで午後を過ごしていた。ヴァシリスはときどきテサを送ってきてはスタヴロスと夕食をともにし、入院以来失っていた元気を取り戻したかのように熱心に仕事の話をした。スタヴロスはテサの外出を禁止しようとしたが、父親を見て気づいた。テサの話をする父親は、病気と金に飢えた女性に痛めつけられる前に戻ったみたいだった。

スタヴロスはテサに礼を言いたい気持ちと、どこにも行けないよう閉じこめておきたい気持ちの間で揺れていた。肺の弱い、女好きの父親とは会えないように。自分の意のままにできるように。

寝室に閉じこめられたテサが自分を待っているところを想像すると、全身に興奮が駆けめぐった。興味深いことになるかもしれない。考えただけで、体じゅうの血が熱くなるのがわかった。

スタヴロスは歩きながら眉をひそめた。完全に自制心を忘れたあのキス以来、彼はテサを避けてきた。しかし心ではもう一度キスをしたくてたまらなかったうえに、さらなる満足を求めていた。

継母たちと同じくらい計算高い女性に欲望を抱くとは、自分が信じられない。スタヴロスは怒りを抑えられず、罪悪感と自己嫌悪を辛辣な言葉に変えてテサに投げつけた。自分の弱さにおびえ、理性を失っていたのだった。

恥ずかしくて、スタヴロスはみぞおちが締めつけられた。なんて野蛮なふるまいをしたのだろう。ひどい態度をとるかもしれないという不安もあって、スタヴロスはテサを避けてきた。彼女が視界に入ると、原始人のような行動をとってしまうから。独占欲に襲われ、彼女を自分のものにしたいという気持ちでいっぱいになるのだ。

テサはきっと僕を乱暴者と思っているに違いない。だが、僕を支配する力を持っていると彼女に気づかれるよりはましだ。あの魅力的な緑色の瞳を輝かせてやわらかい唇をとがらせるか、魅惑的な体を近づけられるだけで、僕の論理的な頭は荒々しい本能に支配されてしまう。

なんてことだ！　僕は彼女を信じたいとすら思っている。父のように愚か者になる日もそう遠くない。

テサは刺激的な香りがする濃いコーヒーを二つの小さなカップに慎重についだ。

「おいしそうだ」ヴァシリスがカップの中をのぞいた。「最初に比べれば、だいぶ進歩したね」

テサは笑った。ほんの数日前とは全然違う、気楽な笑みを浮かべる。初めて作ったギリシア風コーヒーは悲惨だった。けれど何日も練習したおかげで、今ではちゃんと飲める代物になった。

「あんなにひどいのはもう作らないわ」カップに水を添えて出す。「さあ、飲んでみてください。それとも、毒を盛られるのが心配ですか？」

黒い眉の下から鋼のような色の目がのぞき、テサは一瞬息をのんだ。ヴァシリスはときおり、どきっとするほど息子によく似た表情を見せる。目の色も背の高さも同じだし、大胆で気が短い性格もそっくりだ。スタヴロスにも父親のように、表に出さないやさしい一面があるのだろうか？

その答えがわかるほどスタヴロスに近づくことは二度とないでしょうけれど。そう思うと、テサは不思議と後悔の念にとらわれた。

「悪くないね」ヴァシリスがテサのもの思いを破った。「それどころか……」テサの肩越しに遠くを見つめていた彼の声が小さくなっていく。

テサはうなじの毛が逆立ち、興奮で肌が熱をおびるのがわかった。こんなふうになるのはスタヴロスに見つめられたときだけだ。

スタヴロスは熱く非難めいた視線でテサを見つめていた。また許可なく父親と会っている彼女を叱《しか》るつもりでいるに違いない。テサは口の中がからからになった。私は彼に立ち向かえるだろうか？

「いいね。そうしていると、本当の家族みたいだ」

皮肉にもかかわらず、テサはスタヴロスの男らしい声にどきどきした。いつものようにそばにいる彼を意識する。

「スタヴロス、どうした？　職場でなにかあったのか？　ずいぶん帰りが早いな」ヴァシリスが言った。

「なにもないよ、父さん。ただ、帰ろうと思っただけなんだ」

ヴァシリスが目をまるくしたので、まれなことなのだとテサにもわかった。彼女は身構えて、スタヴロスの方を振り返った。彼の鋭い目と存在感を目のあたりにして、座っていてよかったと思った。

スタヴロスがテサに目をやり、ゆっくりと視線を口元に向けると、彼女はさっと赤くなった。彼はあのときの出来事を思い出しているのだ。あっという間に火がついた欲望、激しい情熱、キス。テサを無防備にして痛めつけるためにぶつけた、非難の言葉を。

テサは顔をそむけてコーヒーを飲んだ。手が震えていたので、こぼさないように両手でカップを持つ。

「コーヒーはどうだ?」ヴァシリスが言った。「テサのギリシア風コーヒーはまずまずだぞ」

「いや、いらない。また別の機会に楽しませてもらうよ」

〝楽しませてもらう〟という言葉を聞いて、テサは身震いをした。彼の腕に抱かれたときの、正気を失いそうになるほどの喜びを不本意ながらも思い出す。彼の唇と熱い体、荒々しく押しあてられた欲望の証《あかし》を感じたときも、どうにかなりそうだった。

「急いで片づける話があるんだ」スタヴロスの目は片ときもテサから離れなかった。「妻とね」

邸宅までの短いドライブの間じゅう、スタヴロスはなにも言わなかった。テサは安堵《あんど》するべきなのか、沈黙によって倍増した不安におびえるべきなのかわからなかった。神経は極限まで張りつめている。

二人の間には息苦しいほどの緊張が漂っており、テサは最後にスタヴロスに近づいたときのことを思い出した。あのときは彼にキスをされただけで世界が崩壊し、熱気と情熱と欲望の中に消えていった気がした。

だがスタヴロスは父親を訪ねた理由をテサに問いただすでも、彼女が犯したと思いこんでいる罪を非難するでもなく、ただ車の窓の外を見つめている。

車が到着すると、彼はテサを邸宅から離れたところにあるオフィスへと案内した。テサはおとなしくオフィスの椅子に座った。短いとはいえ車内にスタヴロスと二人きりだったせいで、立っていられそうになかった。あきれた！　私の背骨はどこへ行ったのだろう？

「君の署名が必要な書類がある」スタヴロスはきびきびと言った。

机に置いた書類を押しやる彼を、テサはじっと見つめた。スタヴロスは彼女のそばから動こうとせず、体から発する熱が伝わってきた。

テサは書類に視線を落とした。ほっとして、ほんの少し緊張をゆるめる。本当に用件だけのようだ。これなら大丈夫。でも、スタヴロスにはもう少し離れてほしい。彼の香りを吸いこみ、彼を意識して肌がちくちくしていては気が散ってならない。

見失いそうになる法律用語を必死に読みながら、テサは顔をしかめた。スタヴロスが机にペンを置くのを視界の隅でとらえる。テサが四年間首にかけていた指輪を、彼はしていた。至近距離でそのようすを見た彼女は、不思議と心がかき乱された。

「これで署名をするといい」

「どうも」テサは言った。「でも、先に読まないと」

今のは憤慨のため息だろうか？　だが、テサは気にしなかった。たとえ横暴な彼から逃れるためでも、読んでもいない書類に署名する気はない。

一瞬スタヴロスの体がこわばるのを感じ、テサはびくっとした。しかし次の瞬間、彼はテサのそばを離れた。緊張感がいっきにやわらぎ、テサは楽な姿勢に座り直した。

「もちろんだ。そうすると思っていたよ」机をぐるりとまわってコンピューターの前に座り、スタヴロスは不満をあらわにした。

テサはスタヴロスを見つめた。視線がいやおうなく力強い横顔と整った唇に吸い寄せられる。太い眉を寄せて渋い表情をしていても、浅黒い顔はハンサムだ。彼の魅力から解放される日などくるのだろうかと考えて、テサは身震いした。スタヴロスを見つめてもなにも感じないでいられる？　目が合うたびに、欲望がこみあげてくるのに。

スタヴロスが椅子を回転させてテサの視線をとらえ、彼女は息をのんだ。鼓動が耳鳴りのように響いて、彼の言葉が聞こえない。テサは書類に視線を戻し、集中しようとした。

「かなり率直な表現を使った」スタヴロスは言った。「君にも理解できるよう英語で書かせたよ」

「ありがとう」テサは反射的に言った。

スタヴロスは返事すらしなかった。「基本的には、君が和解金を受け取るためにすべきことを正式に述べてあるだけだ。してはいけないことも。僕たち二人は法的に拘束される」

テサは反論しようと勢いよく顔を上げた。お金めあてではないと、何度言えばいいのだろう？

しかし冷酷な目と頑固な表情は、聞く耳を持たないことを物語っていた。彼の誤解を解くのは一生無理だろうと、テサは思った。全知全能なるスタヴロス・デナキスが心を決めたら最後、誰にも変えられないのだ。

「第八条に」彼が机から手を伸ばしてじれったそうに紙をめくった。「君が同意する項目がある」指で示しながら続ける。「僕に関するいっさいの情報を第三者にもらすことは禁じられる。僕の個人的な事情や家族、友人のことから、家の造りや出された食事まで、すべてだ」

テサはスタヴロスの言葉を聞きながら文章を目で追い、その細かさに驚いた。スタヴロスはどうやらどんな抜け道も作らないつもりのようだ。

「僕たちが結婚したときの状況、夫婦生活、離婚の理由は、相手が記者でなくても話してはならない」

勝ち誇っているように聞こえたのは気のせい？

離婚手続きに、彼は歓喜しているに違いない。

「僕や僕の元婚約者や、僕の人生のどんな事柄に関しても調べないこと。なにか不明な点は？」

「ないわ」テサは不快感をあらわにしたが、スタヴロスは動じなかった。椅子の背にもたれた彼は、問題を解決したことに満足しているらしかった。

「念のために言っておくが、契約不履行の場合は違約金が設けられている」スタヴロスは顎に手をやり、にやりとした。獲物に襲いかかる寸前の狼《おおかみ》はこんな顔をするのだろうかと、テサは思った。大物実業家らしく落ち着きと確信をもって正式な契約に臨んでいるくせに、まばたきもせずこちらを見つめるスタヴロスの目は野性的な光を放っている。まるで今にも文明人の仮面をはぎ取り、暴力で私を意のままに従わせる隙《すき》をうかがっているみたい。テサは身震いとともにその考えを脇《わき》へ押しやり、スタヴロスから視線を無理やりそらして紙に目をやった。

「次のページに違約金の記載がある」今度こそ、声には満足感がはっきりと表れていた。

テサはその場所を見つけると、思わず息をのんだ。べらぼうな金額だ。十年かかっても稼げない額だろう。スタヴロスが得意になるのも無理はない。

「その先を見ると」彼はもどかしそうに紙をめくるよう促した。「君がもっとも興味ある箇所が出てくる。署名したあとにもらえる金額だ」

そのとき電話が鳴ったが、スタヴロスは受話器を取ろうとはしなかった。テサが顔を上げると、スタヴロスは期待をこめた目で彼女を見つめていた。

不快感がこみあげた。「電話に出たら？　全部読みおわるまで、署名はしないから」テサは眉を少しだけ上げ、スタヴロスが動くのを待った。

六回目に電話が鳴ったとき、スタヴロスは腕を伸ばし、テサを見つめたまま受話器を取った。しばらくすると机にあったペンを手に取り、受話器を耳にあてたままコンピューターを見る。

　重要な案件だったのだろう。スタヴロスはすぐに画面の文書を見つめながら論議を始めた。

　テサは毅然《きぜん》として書類に目をやった。だが、低く響くギリシア語が気になってしかたがない。テサは最後のページをめくって……凍りついた。

　目を見開く。スタヴロスをちらりと見たが、彼はまるでテサなどいないかのように電話に集中していた。

　テサはもう一度目の前のページを見つめ、震える息を吸いこんだ。スタヴロスが裕福だとは知っていたが、これは……桁《けた》はずれだ。

　署名したあとにもらえる金額を記した条項を、彼女は三度読み返した。驚くほどの大金だ。スタヴロスとの関係を口外せず、彼の財産をいっさい要求しないと約束したらもらえる金額は、死ぬまで豊かに暮らせることを保障していた。

　生活費を切りつめたり、節約したりする必要はなくなる。まともなアパートメントをさがす心配もしなくてよくなる。仕事さえ、する必要はないのだ。

テサは目を大きく見開き、同じ箇所を何度も読み返した。

　そして、胃がよじれるような思いにとらわれた。

　彼にとって、私から逃れるのはこれほど大事なことなのだ。いったいいくら請求されると思ったのだろう？　どんな強欲な妻でも、もっと少ない金額で満足しただろうに。

　事の重要性を理解したテサは、大きくため息をついた。署名をすれば自由になれる。離婚するには時間はかかるだろうが、確実に解放される。スタヴロスもマスコミに話がもれることを恐れなくてすむから、塀の外へ出してくれるだろう。

　テサの手がペンの上でとまった。私は家に帰り、平穏に暮らしていくことを望んでいたのよね? なによりも、スタヴロスを記憶の彼方《かなた》に追いやりたかったはず。私の居場所が彼の人生のどこかにあると考えるだけ愚かだ。彼から受けた扱いを思えば、わかるでしょう?

テサは震える手を見てから、もう一度スタヴロスを盗み見た。彼はもはやしかめっ面ではなかった。自信たっぷりで決然とした表情は、大物実業家そのものだった。

仕事こそが彼の生きがいなのだろう。四年前に見知らぬ女性を救おうとしたことなど、一時の気の迷いだったに違いない。彼にとっては、忘れてしまいたい出来事なのだろう。

テサはまばたきをして視界をはっきりさせると、もう一度書類を見つめた。そして大きく息を吸い、ペンを手に取った。

# 9

テサが階段をのぼりきると同時に、大理石の玄関ホールを急いで歩く足音が聞こえた。

いまいましい書類には、彼の希望どおり署名した。あとはわずかな荷物をつめて出ていくだけだ。パスポートはないけれど、かまわない。明日の今ごろにはアテネに戻り、シドニー行きの航空券を買うつもりだ。シドニーに着いたらどこへ行こうか? まずは住む場所を見つけなければ。

「待つんだ」すぐ後ろで、スタヴロスの低い声がした。警告するような口調だ。彼は吐く息を感じられるくらい近くにいて、テサは逃げたくなった。

長い指が容赦なく肘をつかむ。テサは急にパニックに陥り、振り返った。これ以上なにをしろというの？ 彼の要求どおりにしたのに。「放して！」

「その前にきちんと答えてもらおう」

スタヴロスは手に力をこめて歩きだし、テサのスイートルームの前を通り過ぎた。テサに合わせて歩幅をゆるめようともしないので、彼女はついていくのも大変だった。

「痛いわ」テサが振り払おうとすると、スタヴロスの手にさらに力がこもった。まるで鍵《かぎ》もないのに手錠をはずそうとしているのと同じだった。

「それがどうした？」スタヴロスは煮えたぎる怒りにかろうじて蓋《ふた》をしているらしい。それでも手を振りほどけるほどではなかったものの、少しだけ力を抜いた。

角を曲がった先の廊下を、テサは初めて見た。色鮮やかな抽象画が目に入ったとたん、すぐそばの部屋に押しこまれる。ドアがばたんと閉まった。

その音は沈黙の中にこだました。スタヴロスを見あげたテサは、彼のむき出しの怒りに思わずひるんだ。彼は氷のように冷たい表情を浮かべてもいなかったし、背筋を震わせる冷酷な目もしていなかった。燃えあがるような激情で、テサを思いきり非難していた。

テサは挑発するように言った。「私がまたなにかしたの？」

スタヴロスがやっと手を放し、テサは無意識に一歩、二歩と下がった。彼の怒りは空気を震わせ、触ることもできそうだった。

スタヴロスは腰に拳《こぶし》をあててテサを見おろした。その目つきを見た彼女は、自分が真っ黒に焼けこげて灰になってしまわないのが不思議な気がした。

ふと、もはや我慢できないと思った。彼にとってつもない力があって、自分の人生をどれだけみじめにできるとしてもどうでもいい。騒動を引き起こした罪悪感すら忘れていた。体じゅうの血を煮えたぎらせ、テサはスタヴロスを真っ向からにらみつけた。

「さあ」顎を上げる。「言ってちょうだい」

スタヴロスの目が細くなった。ほんの数日前のテサなら、そんなふうに見つめられたら震えていただろう。自信をなくし、彼の怒りから逃れる方法をさがしていたはずだ。だが今のテサは、彼の怒りをむしろ歓迎していた。

竜が眠りから覚めたように、こみあげる怒りがとぐろを巻いている。テサは強くなった気がしていた。スタヴロスに対する思いもどこかに消えていた。

「なにをもくろんでいる?」スタヴロスはうなるように言った。

「なにも。もくろむのはあなたの専門でしょう?」

テサは食ってかかった。恐怖や弱い感情を捨て、抑えてきた怒りといらだちを思いきり解き放つ。

「僕に勝てるとは思わないことだ。君をつぶす手段などいくらでもある。こんなふうに」スタヴロスは手を上げ、指の関節が白くなるほど拳を作った。

スタヴロスは自制心を失いかけている。テサは愉快になった。「私がゲームに参加すれば、あなたが勝つでしょうね」

「なにが言いたい?」

彼女は首を振った。彼は賢いわりに、学ぶことがまだずいぶんありそうだ。私をさんざん嘘《うそ》つき扱いしたのだから、気がすむまで疑えばいい。いつかは彼も勘違いしていたと気づくだろう。

スタヴロスが一歩前に出ると、テサは目と目が合うように顎を上げた。「自分で考えたら?」

低くうなり声に近い声が響き、テサは本能的に一歩下がった。

「どうしてあんなことをした?」

「なんのこと?」

「ふざけるな! わかっているはずだ」スタヴロス

は顔を近づけた。鼻孔をふくらませて目をぎらぎらさせている姿は、突進しようとする雄牛のようだ。

「書類になぜあんなことをした？」

テサはわざと肩をすくめた。本当はその動作と同じくらい頓着《とんちゃく》せずにいられたらいいのにと思っていた。「署名はしたわ。あれ以上どうしろというの？」

スタヴロスはぎゅっと目をつぶり、怒りに任せてギリシア語でののしりの言葉を吐いた。その声があまりに小さくて、テサは怖くなった。彼に立ち向かったときはぞくぞくするほどの力を感じたのに、今は用心深さが勝っていた。スタヴロスが手を伸ばして、体に触れたりしないために、彼女は数歩あとずさった。

「わかっているだろう！」そして、どなるのをやめた。「なぜ和解金の条項に線を引いた？」

「ああ、そのことね」

「ああ……そのことだ」

テサは彼をまねて片方の眉を上げた。「あなたほど経験と知識がある人なら理解できるでしょう？」

「からかうな。なにをたくらんでいる？」

「私がたくらむですって？」じらすのを楽しむべきではないかもしれないが、テサは我慢できなかった。罪悪感を押しつけられ、厄介者扱いされるのはこりごりだ。「妻に向かってひどいことを言うのね」

スタヴロスは顔をしかめた。テサに噛《か》みつきたいような顔をしている。

「私はなにもたくらんでいないわ」テサは急いでつけ加えた。「あなたのお金が欲しくないだけ。取っておいてちょうだい」

「あの条項を消したことで、僕がなにを得るかわかっているのか？」スタヴロスはささやいた。「君の沈黙を手に入れるために、なにも出さなくてよくなるんだぞ」

「さすがね！」恐怖を感じながらも、テサはあざけるように手をたたいた。「いつかわかると思っていたわ」

スタヴロスがたった一歩で二人の間の距離をつめ、テサは不安でたまらなくなった。だが引きさがろうとはせず、反抗的な目で彼を見あげた。

「どういうつもりか知らないが――」

「自分がなにをしたかはわかっているわ」テサは毅《き》然《ぜん》として言った。「私は荷物をまとめ、パスポートを持って出ていく。あなたがなにを疑おうと関係ない。私たちはなんでもなくなるんだから」

「そうか？」スタヴロスの目が炭のように真っ黒に陰り、ぎらりと輝いた。「なら、これはどうする？」

大きな手がテサの腕をつかんだかと思うと、体が押しあてられた。硬く焼けつくように熱い体は、生々しい怒りに脈打っている。テサはスタヴロスを押しのけようとしたが、彼はテサを抵抗できなくするいちばん簡単な方法を知っていた。彼女を引き寄せてキスをしたのだ。腰をかかえられて体を後ろに倒され、テサは彼にしがみつくしかなかった。

大きな体で押しつぶそうとするスタヴロスの支配欲に満ちた残忍な行動は、弱い者に服従を強いる究極の侮辱であるはずだった。だが、テサは本能を頼りに彼に必死に逆らった。スタヴロスの荒々しい支配に屈しもせず、従いもしなかった。その代わりに、怒りと痛みといらだちを彼に負けないくらいの情熱に変えた。

テサはスタヴロスの髪に手を入れ、頭を引き寄せた。彼を押さえるようにして舌をからませ、熱くなめらかな口の中に押し入る。彼は独特な味がして、もっと味わいたいという欲望が体の中でふくれあがった。今、うめき声をあげたのは私だろうか？

テサは必死にスタヴロスの腕の中に身をうずめ、胸に押しあてられる硬い筋肉質な胸と、包みこむように彼女を支える腕の力に酔いしれた。今までいちばん危険なことをしているのに、抱きしめられてこのうえない安心感を覚えていた。

スタヴロスは脚を広げ、太腿の間にテサをぴったりと押しあてた。唐突に驚くほど熱いものが体の芯《しん》からこみあげるのを、テサは感じた。それは張りつめていた途方もない緊張感をかき消し、彼女はスタヴロスの腕の中でぐったりとなった。

彼が上半身をこすりつけると、テサは震えた。敏感な胸の先を刺激されるたび、体の中に火花が散る。胸の先端は欲望に脈打ち、小石のように硬くなっていた。

むさぼるような唇。独占欲もあらわに抱き寄せる大きな手。高ぶった体。テサの理性を消し去るには、どれか一つでもじゅうぶんだった。

唇や舌で激しくテサを求めつづけるスタヴロスに応《こた》えるように、テサの中で欲望が爆発した。もっと彼を感じたい。

激しい鼓動のせいで言葉は聞き取れなかったが、唇に伝わる振動でスタヴロスがなにかささやいているのがわかった。彼がテサをかかえあげ、唇を重ねたまま部屋を横切っていく。足の裏になにかが触れたかと思うと、テサは抱きしめられた状態で後ろに倒れていた。ベッドに仰向けになったまま、スタヴロスの体の重みを感じる。だが次の瞬間引っぱられて、横向きになった。

思いきり息を吸ったとたん、またしてもスタヴロスに唇を奪われた。口を開き、テサは洪水のように押し寄せる欲望にのみこまれていった。

スタヴロスの一方の手がテサを抱き寄せ、もう片方の手が背中をすべりおりてヒップを包みこむと、彼女は自然に胸をそらせ、彼の興奮の証《あかし》に触れる体勢になった。キスは続き、スタヴロスはますますテサに体を押しつけた。

テサはこれほどの欲望を感じたことがなかった。まるで麻薬のように正気を奪われ、自らの欲求と彼の誘惑に全身が大胆に反応する。

テサが体をこすりつけると、またしても満足そうなうなり声がスタヴロスの喉からもれた。彼はテサのヒップをしっかりつかんでから腰に手をやった。シャツの下にもぐりこんできた手は、大きくがっしりしていてすばらしかった。スタヴロスはじゃまなシャツを引きちぎり、ブラジャーの上からテサの胸を包みこんだ。

まるで魔法にかけられたようだった。ため息とともに最後の緊張がほぐれ、テサは骨までとろけそうな感覚に襲われた。片方の手だけでこんな気持ちにさせてくれるなんて。胸の先端に触れられただけなのに……。

テサはおぼろげながら経験のない段階に進んでいることに気づいた。しかしスタヴロスが手で与えてくれるくらくらするような喜びを、彼女はなによりも欲していた。

スタヴロスが背中に手をまわし、ブラジャーを脇《わき》へほうり投げた。長い指が素肌に触れると体の奥で感じていた炎が広がるのがわかり、テサはこの火を消すことなどできないと思った。「もっと」唇を押しあてながらつぶやき、ぴったりと合わさった体の間に手をすべりこませる。ネクタイをはずそうとしたができず、テサは一直線に並んだシャツのボタンに狙《ねら》いを定めた。スタヴロスは少しだけ体を離し、ボタンをはずせるようにしてくれた。

テサがボタンをはずしたシャツの中に手を入れると、スタヴロスがくぐもったうなり声をあげてなにやらささやいた。彼の素肌は熱くなめらかで、魅惑的な胸毛がてのひらをくすぐった。これを裸の胸に感じてみたいと、彼女は思った。

スタヴロスが体を寄せたとき、圧倒的な喜びが体の中で爆発してテサは目をつぶった。硬く力強い胸に自分の胸がぶつかる。テサは矢継ぎばやに押し寄せる感情と欲求に圧倒され、思わず息をのんだ。

スタヴロスにふたたび唇を奪われると、切迫感がさらに高まっていった。テサは力強い筋肉に手をさまよわせ、たくましい体のすべてが自分に向けられている喜びを満喫した。スタヴロスが彼女のジーンズのファスナーをせわしなく下ろし、手がすべりこめるだけ布地を押し開く。

体のあらゆる場所をさぐられるたびに、テサは快感に震え、体をこわばらせ、息をするのも忘れた。しかし、ときおりもれる声はキスにのみこまれて聞こえなかった。

テサは耐えきれず、ゆっくりと奥へ進むスタヴロスの指に合わせて体をよじった。「ああ……」

またもやスタヴロスの唇がテサの言葉をさえぎる。時間をかけてたっぷりともてあそばれ、テサはスタヴロスのすばらしい体の下で自制心を失っていった。

彼をもっと感じたくて脚を広げようとしたが、太腿にジーンズが引っかかっていた。それだけで切迫感に拍車がかかり、すべてをさらけ出したいという欲求が高まっていく。

くらくらしながら、テサは彼の肩に指を食いこませた。我を忘れ、期待と欲望に身を震わせる。

次の瞬間スタヴロスの手が離れ、テサの体は満たされない欲望にうずいた。キスがやんだので目を開け、初めて普通に息を吸った。

テサはスタヴロスの肩をぎゅっと握ったが、彼は気づいていないようだった。熱をおびてきらめく目が激しく上下する彼女の裸の胸を見たかと思うと、その下へと移動した。

テサの唇はスタヴロスのキスでずきずきしていた。もう一度キスをしてほしいと思いつつ、彼女は荒い息を繰り返した。彼の目を見て、言いようのない高ぶりを覚える。準備の整ったスタヴロスはすばらしく、今すぐ先に進んでほしくなった。

スタヴロスはテサのジーンズを引きおろし、サンダルを脱がせ、着ていた服をはぎ取った。

彼に見つめられると体じゅうが熱くなり、テサは頬が紅潮した。熱い視線に顔が赤くなる。

恥ずかしいのではない。スタヴロスが欲しくてたまらないのだ。欲望がこれほど体の中で荒れ狂うなど、初めての経験だった。

テサが脚をわずかに開くと、スタヴロスがふたたび動きはじめた。ネクタイの結び目を引きちぎるようにほどき、カフスリンクを取ってシャツをすばやく脱ぎ捨てる。それからふくらんだズボンに手を伸ばし、ギリシア語でなにかささやいた。その声は低くかすれていて不吉な感じがし、テサは緊張した。

テサは目をつぶり、なんとか自制心を取り戻そうとした。心臓は肋骨《ろっこつ》を突き破りそうなほど激しく打っており、体は燃えるように熱い。スタヴロスが服を投げ捨て、なにかの包みを破る音が聞こえた。

突然、それは起こった。

テサはスタヴロスの唇を感じた。指でなぞられたところを舌でさぐられ、大きな声をあげる。激情に火がつき、すさまじい炎に似た強烈な感覚が体を襲った。痛みかもしれないと思ったほど、快楽はとてつもなかった。

「お願い……スタヴロス！」自分があえぐように泣き叫んでいるのに、テサは気づいた。全神経が言葉に言い表せない喜びを感じていた。

スタヴロスが震える肢体に鼻を押しあてると、テサはぞくぞくする期待で胸がいっぱいになった。彼は体を起こし、燃えるように熱くたくましい体でテサにおおいかぶさった。

「目を開けるんだ」スタヴロスは荒々しく言った。「満たされたときの君を見たい」

テサは素直に目を開けた。スタヴロスは欲望をコントロールしているのか、唇をしっかり閉じている。とてもすばらしい眺めだった。

ふとテサはなにかがぶつかるのを感じ、筋肉の盛りあがったスタヴロスの胸と力の入った腕から、引きしまった腹部、さらにその下へと視線を下ろした。彼の興奮の証がテサの太腿を何度も撫《な》でている。

テサは息をのんで目をまるくしたが、体は意思を持っているかのようにスタヴロスに応えていた。きっと大丈夫よと、彼女は自分に言い聞かせた。自然な行為なんだから。

スタヴロスがまた繊細な場所に手を伸ばし、テサはたちまち不安を忘れて切迫した欲求を感じた。

彼の名前を呼ぼうと口を開けたテサは、代わりにかすれた苦痛の叫び声をあげた。スタヴロスはためらうこともなく体を押し進め、これ以上ないほどテサを満たしていた。

# 10

スタヴロスは震えた。テサの上で体を支え、必死にこらえる。テサの肌からは媚薬《びやく》のような香りが漂い、それだけでのぼりつめてしまいそうだった。彼は動くのをやめ、麻薬に酔いしれるような感覚に溺《おぼ》れてしまいたい衝動に負けまいとした。テサは熱く、官能的だった。信じられないほどきつく、経験がないことがわかる。

なんてことだ！　頭に霧がかかったようでも、スタヴロスはその事実だけはしっかりと認識していた。

テサはなぜ言わなかったのだろう？　どうして僕はその可能性に思い至らなかった？　彼女は痛みに顔をしかめ、目をぎゅっと閉じている。その前は突然の痛みに呆然《ぼうぜん》とスタヴロスを見あげ、目に苦悶《くもん》の色を浮かべていた。

スタヴロスは歯を食いしばった。ほんのわずかでも動けばあっという間に自制心を失い、自分の中の猛獣が始めたことを最後までなしとげてしまう。

テサがとぎれとぎれに息をもらした。つんととがった胸が上下するのを見ただけで、スタヴロスは我慢ができなくなった。今すぐ……。

息がつまるようなあえぎ声に、スタヴロスは動かしかけた体を反射的にとめた。

バージン。妻がバージンだったとは。頭の中でその言葉を何度繰り返そうと、スタヴロスは納得できなかった。

嘘《うそ》をつくな。知っていたら触れなかったのに。

テサが純潔だとわかっていても、僕は思いとどまらなかっただろう。彼女は出会ったときから、僕の血をたぎらせつづけた。滞在が長くなればなるほど、体を重ねずにはいられなくなった。


スタヴロスは頭をたれた。自制心を働かせすぎて、肩の緊張は限界に達している。彼はテサの体をすくいあげ、抱き寄せたまま仰向けになった。

二人の体はまだぴったりと合わさったままだったので、テサはくたびれた毛布のようにスタヴロスの上におおいかぶさった。苦痛をやわらげようと、スタヴロスはテサのむき出しの背中をさすった。

テサはまるで男性の空想が現実のものになったかのようだった。素肌はやわらかくエロチックで、体に触れる長い髪も誘惑しているみたいだ。そんな彼女が純潔だったと思うと、スタヴロスは今までに感じたこともない刺激を覚えた。

彼女が体を許した最初で唯一の男性が自分だという、原始的で独占欲のにじむ満足など感じるべきではない。だが、彼は誇らしくてたまらなかった。

「痛い思いをさせた」つっけんどんに言う。「すまない」これまでベッドをともにした女性には言ったことのない言葉だった。ただの一度も。

テサが顔を上げた。彼女は驚いているらしい。瞳孔《どうこう》の開いた瞳はきらきらと輝いていた。「私なら――」咳払《せきばら》いする。「大丈夫よ」

よく言う。次は僕が白馬の王子だとでも言いだす気か？　テサの声が動揺しているのを、スタヴロスは聞き逃さなかった。誰にでもわかる――。

締めつけられる感覚に鈍い快感を覚え、スタヴロスは目をつぶった。なにをしているか、彼女はわかっているのか？　彼はうなりたいのをこらえた。

まただ。ためらいがちだった動きが少しずつ強く大きくなり、僕をさらなる深淵《しんえん》へと誘っている。

目を開けると、テサのきらめく大きな瞳がスタヴロスをじっと見つめていた。先ほどとは表情が違っている。魅惑的に開いた唇は、新たな欲望に目覚めたことを表すように突き出されていた。

男を受け入れる準備ができているのだ。そう悟った瞬間、スタヴロスの心臓は早鐘を打った。もう大丈夫だ。だが、彼女のペースに合わせなければ。その結果僕は死んでしまうかもしれないが、少なくともそのときの顔は笑っていることだろう。

テサは真下にある広い胸を見つめ、日に焼けた素肌をおおうつやつやした胸毛に気づいた。手を伸ばし、彼に触れる勇気が欲しかった。

衝撃と恐怖さえ感じたあの瞬間、テサは望んでいたことができないのではないかと思った。だが体が慣れるのをスタヴロスが待ってくれたおかげで、ショックも鋭い痛みも徐々に消えていった。新しい体験の不快感がやわらぐと、今度は……。

彼が……欲しかった。

テサがためらいがちに動くと、即座に腰のくびれをつかんでいたスタヴロスの手に力が入り、彼女の体を自分に押しあてた。

ああ、なんて気持ちがいいの。どこもかしこも気持ちがいい。テサは目をつぶって、新たに芽生えた感覚に意識を集中させた。

今聞こえたのは、彼のうなり声かしら？　目を開けるとスタヴロスはまぶたをなかば閉じてうっとりしており、テサは興奮した。ため息をついた拍子に胸が彼の胸の上で上下し、快い摩擦が生じた。

スタヴロスがゆっくりとやさしく腰を揺らした。その感覚はテサの全身の血をざわめかせた。

驚いて息をのむと彼が動くのをやめたので、テサは自分をののしりたくなった。「お願い」彼女はささやき、顔を上げた。「もう一度して」

スタヴロスの視線が触れ合っている胸に注がれた。二人の間に新たな熱が生まれ、テサは体がほてるのを感じた。彼はどこか痛むのか、こわばった笑みを浮かべている。そして、もう一度ゆっくり腰を揺らした。体じゅうに広がる力強い感覚に、テサは身を震わせた。

「それ……」テサはからからの喉をごくりと鳴らした。「それが――」

「いいのかい？」スタヴロスがささやいた。

テサは首を振った。〝よかった〟ではあまりにものたりない。「それよりずっといいわ」彼がまた動くとテサはため息をもらし、本能的に腰を揺らした。ゆっくりと誘惑されるというめまいがしそうなほどの至福に、まぶたが重たくなってくる。

「体を起こすんだ」スタヴロスはそう言うと、テサを持ちあげて自分の上に座らせた。「そうだ」彼のうなり声がテサの満足げなため息と重なる。これほどすばらしい感覚は初めてだった。とくに、スタヴロスがゆっくりと彼女の体を揺らすのがいい。

胸にスタヴロスの手が触れ、次に唇が続くと、強烈な喜びにテサは身震いした。彼の動きが速くなると、テサの体も反応した。どんどん激しく動くにつれ、二人の間の切迫感が増していく。スタヴロスはテサのヒップを両手でつかみ、彼女が逃げられないようにしていた。舌はまだテサの胸を愛撫《あいぶ》している。テサは魔法のようなひとときを満喫していた。二度と放さないというように抱き寄せられている感触に酔いしれていた。彼のキスで湿った胸の先端が、生暖かい空気に触れる。しかしスタヴロスがいっそう速く体を動かすとテサはさらにのぼりつめ、胸を愛撫されていないことも気にならなかった。

震えがおののきに変わり、体じゅうに広がっていく。テサはスタヴロスの肩に手を置いて身構え、新たな喜びに満たされた体をこわばらせた。彼はそんなテサを見つめ、しっかりと支えていた。

テサは口を開けたものの、なにを言っていいかわからなかった。世界が傾く。ふいにクライマックスが波のように押し寄せ、体が硬直し、何度も震えた。快楽の波は全身を駆けめぐり、テサをさらなる高みへと誘った。

延々と続いたクライマックスのあと、テサはとめていた息を吐き出し、スタヴロスの上に倒れこんだ。力強い腕がすぐにテサを包みこむ。テサは喜びの余韻にひたりつつも、スタヴロスが緊張した体を震わせながら解き放つのを受けとめた。

彼のなめらかですべすべした肌に手を広げる。守られているという不思議な気持ちがこみあげ、テサは胸が締めつけられた。彼女は安心させるようにスタヴロスの肩を抱きしめた。ちょうど彼が自分を支えてくれたみたいに。

ずいぶんたってから、スタヴロスはやっと震えるのをやめた。動いているのは呼吸とともに上下する彼の胸と、激しく打つ心臓だけだ。

荒々しい呼吸を除けば、あたりは静まり返っていた。眠気に襲われながらも、テサはなにも言わないスタヴロスをありがたく思った。分かち合ったすばらしい経験を厳しい現実にじゃまされたくなかった。

温かな満足と、このうえない幸せがあればいい。

最後に覚えていたのは、スタヴロスがテサのヒップから背中へと手をすべらせる心地よい感触だった。彼の手が安心させるように背中で小さな円を描く中、テサは深い眠りに落ちていった。


ぬくもりの中で、テサは目覚めた。不思議と幸せな気分で、彼女はまだ眠っていたかった。

頭の下にあるのがやわらかい枕《まくら》でも硬く粗末なベッドでもないと気づくのに、しばらく時間がかかった。これは正真正銘の筋肉だ。短い絹のような毛に頬をくすぐられ、テサはくるりと寝返りを打って男らしい胸に鼻を押しあてたい衝動に駆られた。

スタヴロスの胸に。

そう思ったとたん彼の肌から漂う潮と麝香《じゃこう》の香りに気づき、テサは体の奥がしびれるのを感じた。


しかし、彼女はまだスタヴロスに抱きあげられて運ばれていることに気づいていなかった。一糸まとわぬ姿の彼がささやく。

「起きるんだ、テサ」

いや！　テサはふわふわ浮いているような幸せな気分のままでいたかった。目が覚めたとたんに現実が押し寄せてくるのはわかっている。もう少しだけ、夢を見ていたい。

だがスタヴロスはテサの耳元に唇を寄せ、快感を覚えるように動かした。「さあ、目を開けてごらん」

テサはしぶしぶまぶたを持ちあげ、目の前に広がる男らしい胸と肩と腕の筋肉に視線を注いだ。

「そうだ」スタヴロスがもう一度ささやいた。そして、テサを下ろしはじめた。テサは異議を唱えようと口を開いたが、温かい湯に包みこまれた驚きで言葉が出てこなかった。温かな湯は森林にいるような香りがした。バスタブはとても深い。

官能的で心地よい湯につかりながら、テサはため息をついた。眠くて気づいていなかった痛みがやわらいでいくのを感じながら、後ろにもたれる。スタヴロスがゆっくりと手を引っこめ、テサは抗議の言葉をのみこんだ。彼の腕の中にいると安心できたのに。

顔を上げると、スタヴロスはまじめな顔でこちらを見つめていた。それから、収納棚から黒い絹のガウンを取り出して裸の体にまとう。生地は肩と胸にぴったりと張りついて、美しく盛りあがった筋肉を浮かびあがらせていた。光沢のあるガウンを着た彼はセクシーに見えたが、引きしまった生まれたままの姿に比べれば完璧《かんぺき》にはほど遠かった。

二人の目が合った。スタヴロスが両手を腰にあてて問いかけるように片方の眉を上げ、テサは顔が赤くなるのがわかった。けれど今考えていることが、彼に読めるはずはない。

「どうして言ってくれなかった？」

なにを？　スタヴロスに見とれていたテサは我に返り、体を起こした。肩より下を隠してくれる泡の存在がありがたい。

「バージンだと言ってくれてもよかっただろう」

その口調にテサは凍りつき、心臓が激しく打った。彼は私を責めているようだ。恥ずかしいことなのだろうか？　私に経験がなかったことはさっきの出来事の汚点だった？

本当にそうだろうか？　テサは顔をしかめた。どうやって彼を喜ばせていいかわからず、本能に従うしかなかったことは確かだ。でも、彼は私と同じくらい強烈なクライマックスを迎えていた。

「どっちでもいいじゃないの」

スタヴロスが近づいてきた。眉間《みけん》にしわを寄せ、険しい顔つきでテサを見つめる。

「知っておいたほうがよかった」彼の口調は硬かっ

「そうだったの」

ため息とともに上下するスタヴロスの胸を、テサは見つめた。ため息は大きくわざとらしかった。この会話を、彼は明らかに楽しんでいない。

私だって楽しくないわ！

「初めからわかっていたら、もっと丁寧にできた。君の負担が少ないようにね」

彼は私を傷つけたと思っているの？　たしかに違和感は残っているが、鋭い痛みはすっかり消えているのに。スタヴロスに心配されたという事実に、テサはうれしさがこみあげてきた。だが彼が自分を気づかっているかもしれないという甘い空想は、すぐに現実的な考えに壊された。「言ったとしても、あなたは信じたかしら？　ずっと南米にいたと伝えたときに聞いていたらどうだった？　マスコミに話さないと約束したときは？」

食い入るように見つめるスタヴロスの表情がこわばった。

打ち明けても無駄だったに決まっている。彼が間違いを認めて、謝るとでも思っていた？　テサはスタヴロスとこれ以上向き合うことに耐えられず、目をつぶった。

本音をいえば、過ちを認めて謝ってもらいたくなどなかった。

スタヴロスと体を重ねたことは、テサの生涯でもっとも意味のある経験だった。衝撃が体を駆け抜ける。欲望に身をゆだねてしまったなんて、私はなんということをしたのだろう。彼の謝罪なんていらない。それよりも……なんなの？　彼の情熱が欲しいの？　それとも欲しかったのはやさしさ？　愛情？

私は理性ではいけないとわかっていたたった一つの過ちを犯してしまった。衝動と怒りに駆られて、自分の身を守ることを忘れていた。私を敵と思ってた。

いる男性に身を任せてしまったのだ。本当は存在しない、幻の男性に恋していたがために。夢に見る男性はスタヴロス・デナキスにとてもよく似ていた。でも、彼とはまるで違う。

腕にやわらかいものが触れ、テサは目をぱちっと開いた。スタヴロスがテサの肩から鎖骨へとタオルをすべらせている。表情はやはり読めなかったが、目と口元からは険しさが消えていた。

それでも、テサはほうっておいてほしかった。彼にはそれがわからないの？　近くにいると、弱い自分を見透かされそうだ。こんな触れ方はしてほしくない。「やめて。自分で洗えるわ」テサは手を伸ばしたが、彼はタオルを引っこめた。

けぶるような濃いグレーの瞳に長いこと見つめられ、テサは断固とした決意と憤りがどこかに消えるのを感じた。熱をおびた彼の表情を見ていると、二人の間であったことがまざまざと思い出され、真っ赤になる。温かい湯のせいではなく、彼の目に欲望がよぎったせいだった。

スタヴロスがにやりとし、テサは思わず息をのんだ。「だが、僕が洗ったほうがうんと気持ちいいだろう？」低くかすれた声に、テサは心がとろけそうになった。

タオルが腕をすべりおり、腰と胸の先端を通って戻ってきた。その官能的な感触に、テサは息を吸いこんだ。触れられるだけで心が乱れることに驚く。憤りもそこまでだった。自制心が消え、切なる欲望が取って代わる。「私……」

「しいっ、テサ。力を抜いて、僕に洗わせてくれ」

疲れきった甘いため息とともにテサは体を後ろに倒し、目を閉じた。

スタヴロスは手元の作業に集中していた。テサの体を洗い、痛みをやわらげなければ。至福への招待状のように目の前に横たわる、泡の間から垣間見える裸体を意識してはいけない。タオルで撫《な》でると誘惑するように胸が揺れたこともだ。

テサは目を閉じているが、眉をひそめている。まだ痛むのだろうか？　まるで性欲が過剰な種馬みたいに、僕は経験のないテサの体を荒々しく扱ってしまった。ブルドーザー並みの思いやりしかないと言われてもしかたない。

スタヴロスはテサのヒップと長く形のいい脚にタオルをすべらせた。いまだにやせているとはいえ、一週間まともな食事をしたおかげでふっくらしてきた体の魅力的な曲線については懸命に無視した。

事態はとんでもない方向に変わってしまった。経験があろうとなかろうとテサが味わわせてくれた激しい喜びを、スタヴロスは無視できなくなっていた。どんな男性にも無理だろう。

もはやあとへは引けない。身につけた誘惑のテクニックをすべて駆使してでも、彼はもう一度テサを味わいたかった。何度も……何度も。

スタヴロスがやっとバスタブから出してくれると、テサは目を開けた。贅沢《ぜいたく》なタオルで体をふいてもらっている間に、彼の機嫌をうかがう。

スタヴロスは眉間にしわを寄せ、作業に集中していた。脚をふくためにしゃがんだときに額に髪が落ちかかり、テサは彼を抱き寄せたい衝動に駆られた。こんな思いをさせてくれた男性はいないわと、耳元でささやきたかった。

大きなベッドに運ばれたときは、期待で血が騒いだ。スタヴロスはテサを下ろすと自分もベッドに入り、二人の体を上掛けでおおった。テサは口の中がからからになり、脈拍が上がるのがわかった。

出ていくべきだ。私は自立した女だと宣言し、少しは気骨を見せるのよ。息をとめて、彼に触れられるのを待つのはやめなさい。

スタヴロスと体を重ねたのは間違いだった。頭の隅の理性のかけらはそう訴えている。

でも、なんてすばらしい間違いかしら。理性にいくら促されても、テサは動こうとしなかった。きっとあとになれば、私は彼に屈したつけを払うことになるに違いない。それなら現実に戻るまで、この狂気の沙汰《さた》を楽しみたい。

スタヴロスの腕がテサを包みこみ、強く抱き寄せた。テサは彼の鼓動と熱い素肌と欲望の証《あかし》を背中に感じた。二人が頂点へとのぼりつめていったときを思い出し、呼吸が速まる。

二度目も同じくらいすばらしいのだろうか？

スタヴロスの唇が耳に触れた。テサは全神経をそこに集中させ、息をつめた。

「目を閉じるといい、テサ。力を抜いて、ぐっすり眠るんだ」

# *11*

早朝の太陽がカーテンの縁を照らしている。テサは倦怠《けんたい》感とぬくもりと落ち着かない気持ちの中で目を覚ました。テサを包みこむスタヴロスの鼓動が背中に伝わってくる。彼の太腿はテサの脚の間に、大きな手は胸のふくらみに置かれていた。張りつめた体をヒップに感じる。テサは期待に息をのみ、無意識に体を動かした。

「起きたのか？」言葉が耳をくすぐり、テサはうっとりと目を閉じた。

「ええ」彼女は出ていけと言われるのを待った。非難されるのを。

「悪かった」スタヴロスはささやいた。

悪かった？　あまりに意外な言葉に、昨夜も似たようなことを言われたにもかかわらず、テサは頭の中が真っ白になった。

「僕は容赦しなかった。まるで動物みたいだった」スタヴロスは真剣だった。だが、テサを放そうとはしない。高ぶった体は別のことを訴えている。

　スタヴロスの表情を確かめたくてもぴったりと寄り添っているせいで、テサは体を動かせなかった。胸に触れられているので、押しのけたくなかった。

「わりと楽しかったわ」彼女はささやいた。

　沈黙が流れ、テサはため息をついた。よくも悪くも、すんだことを蒸し返したくなかった。口論する気力はもう残っていない。こうして寄り添っている、と、昨夜より前のことがずっと昔の出来事に思える。

テサはスタヴロスの腕に抱かれているだけでじゅうぶんだった。昨夜私に湯をつかわせ、自らの欲望を自制した男性こそが本物の彼だと信じるのはあまりにも愚かだろうか？　険しい表情とは裏腹に、私を洗う手つきには純粋なやさしさがこもっていた。

　強固だった彼の心の壁の中には、ずっとさがしていた男性がいたのだ。南米で出会った、大胆で決断力があって献身的な男性が。病を患った父親に接するときのスタヴロスは、思いやりと尊敬とユーモアに満ちていた。彼はアンジェラも守りつづけた。

　元婚約者のことを思い出し、テサは鋭い痛みを覚えた。彼はまだ彼女を愛しているのかしら？

「今でも君に経験がなかったことが信じられない」

　肩をすくめると広い胸にぶつかり、テサはあらためてスタヴロスのがっしりとした体に包みこまれていることを感じた。興奮で血が騒ぐ。誘惑に弱い自分にどうやったら勝てるのだろう？

「禁欲もそれなりにいいものよ」禁欲か、あるいは銃を突きつけられた状態で乱暴されるか、選択肢は二つしかなかった。危機一髪で武装集団から逃れたことを思い出し、テサは身震いした。

スタヴロスがテサの腰に腕をまわし、ぎゅっと抱き寄せた。熱くがっしりとした体が押しあてられる。欲望に火がつき、テサは下腹部にうずきを感じた。彼と一晩過ごしただけでこんなになるなんて。体は今にも燃えあがりそうで、彼女はうまくものを考えられなかった。

「で、今はどうなんだい？」テサの耳の下を唇でくすぐるように、スタヴロスは言った。体がわななき、テサは息を吐き出した。またしても太腿の間がとろけそうだ。彼が胸を包みこむ手に力を入れると、テサはその上に自分の手を重ねた。声が出そうで、唇を噛《か》んだ。

「いいえ、今は禁欲に興味ないわ」これが私の声？ハスキーで、あからさまに誘惑している。

「僕もだよ」スタヴロスは手をどんどん下へとすべらせ、テサは喜びのため息をもらした。

今度は間違えなかった。少なくとも昨夜ほど荒々しくはなかった。スタヴロスは時間をかけ、テサのほっそりした体を隅々まで手と口で愛撫《あいぶ》した。テサがじゅうぶん興奮し、二人とも準備が整うまで。

テサはなまめかしい声でやめてと言ったかと思うとやめないよう懇願し、スタヴロスはそれだけで正気を失いそうになった。さらに彼女独特の香りはまるでこの世のものとは思えない媚薬《びやく》のようで、わずかでも自制心が残っているのが奇跡に思えた。

テサがスタヴロスの下で体をくねらせ、もっととせがんだ。手をおずおずと伸ばし、魔法のような効果を彼にもたらす。「お願い、スタヴロス」

輝くエメラルド色の瞳を見た瞬間、スタヴロスはこれ以上待てないと直感した。両脚をやさしく持ちあげ、テサが呼吸できるように気をつけながらおおいかぶさる。テサは目を大きく見開き、唇をセクシーに突き出して無意識に彼を誘った。

スタヴロスは自分を制したくて一呼吸おいた。テサが両手で彼のヒップをつかむ。スタヴロスは体を少しだけ進め、テサのようすをうかがった。彼女が目を見開き、口を開けて深呼吸する。だが、その表情に不安はなかった。

スタヴロスはゆっくりと動きながらも、テサの体が自分を受け入れる感触を無視しようとした。テサに力任せに引き寄せられ、さらに身を沈める。その間も目を光らせていたが、彼女は不快なそぶりをみじんも見せなかった。

今回はテサのためにゆっくり進めなければ。スタヴロスは気を静め、動くのをやめて自制心をふるい起こした。問題は自分が楽園にいることだった。ここは完璧《かんぺき》だ。どうやって耐えればいい？

この究極の喜びを我慢できる男性などいるだろうか？　スタヴロスは必死に気をそらすものはないかと考えた。上海に出す予定の店舗についてはどうだ？　問題が山積みだから……。

テサが身じろぎし、スタヴロスはかすかに息を吐いた。体が自然に反応し、二人は同時に動きだした。早すぎる。スタヴロスはそう思ったが、テサの手が自分の体に食いこんだかと思うと、彼女の体の中で波のような震えが起こった。テサが荒い呼吸を繰り返し、うっとりとした表情で問いかけるように彼を見つめる。

「大丈夫だ」スタヴロスは安心させるように言った。だが全身の血がたぎりはじめるとそれ以上なにも言えず、興奮とともにのぼりつめていった。

それから永遠にも近い時間が流れたあと、スタヴロスは仰向けになった。全身がすさまじい炎に焼きつくされ、常識も自制心もとけてなくなった気分だった。猛火は彼を丸裸にし、感情以外をきれいさっぱり焼き払ってしまったようだった。

強烈な体験に、スタヴロスは愕然《がくぜん》とした。自分のそばに横たわっている女性をまじまじと見る。テサの片手は彼の腹で軽く拳《こぶし》を作っている。やわらかな太腿は彼の太腿にかかっていた。

不思議な女性だ。惜しげもなく自分を捧《ささ》げる姿は、男にとってまさに理想の女性だった。だからこそスタヴロスは一度、二度とテサを求めた。そうせずにはいられなかったのだ。

少なくとも、彼女はベッドの中では純粋無垢《むく》だ。僕が教えたこと以外はなにも知らない。

そう思うと、スタヴロスの胸の中で誇りと喜びがふくらんだ。分別ある人間なら、絶対に認めない感情だった。それでもスタヴロスはその事実を愉快に思わずにはいられず、にやりとした。

それに、テサは僕のお金を受け取らなかった。それどころか、その権利を放棄した。どうしてなのだろう？　どうしても気になる。理解さえできない女性を、どうやって意のままにすればいいのだ？

バージンだったからといって、金めあてでないとは限らない。でなければ、南米からここに直行しないはずだ。婚約パーティの最中に現れたのは、最大の効果を狙《ねら》ったからに違いない。

テサが自分で主張するほど潔白なら、今ごろ彼女はオーストラリアで自分の人生を取り戻しているはずだ。

スタヴロスは独占欲もあらわにテサの背中を撫《な》で、無意識に胸を押しつけてくる彼女を満足げに見つめた。もうすぐ彼女も浅い眠りから目覚めることだろう。彼は体が熱くなり、期待にうずくのを感じた。

彼女がなにをたくらんでいて、なぜ署名する際に挑戦的な態度をとったのかはわからない。だが、理由を突きとめる時間はある。ほかのことをする時間も。

スタヴロスはテサのヒップのまるみをなぞってほ

ほえんだ。夫婦生活がなかったという理由で婚姻を無効にすることはもうできない。

離婚は必ずしなければならない。時間がかかってもかまわない。いや、そのほうがありがたいくらいだ。願ってもないことだった。

スタヴロスは招かれざる妻との時間を最大限に利用するつもりだった。法的な手続きがすむころにはきっと彼女の本性を見抜き、自分の興味も満たされ、情熱も燃えつきているに違いない。

テサがかきたてる独占欲については、わざと考えないことにした。ただ男性ホルモンが騒いでいるだけだ。ほかに考えられる理由はない。情熱的な恋愛など、夢物語にすぎないのだ。父親が何度も犠牲になるのを見てきたではないか。

独占欲が起こるのもいたって自然なことだ。テサの初めての男は僕なのだから。

それだけの話だ。

## 12

スタヴロスとベッドをともにして以来、すべてが変わった。まるで情け容赦なくテサを苦しめていた男性が消え、彼女のひそかな願望を懸命にかなえようとする男性が現れたかのようだった。

初めて夜を過ごした次の日、スタヴロスはほとんどずっとテサのそばにいた。二人はベッドから離れなかった。彼の情熱と体力とやさしさを思い出すたび、テサは顔を赤らめた。そして彼の恐るべきエネルギーが女性を喜ばせるという目的に向けられたとき、その結果はとてもすばらしいことを知った。

スタヴロスはテサが昼寝をしている間にアテネに行って帰るだけになった。長い夜が明けて日がのぼっても互いの欲望はまだ満たされず、テサには回復する時間が必要だったのだ。

想像を超える至福の日々だった。でも長く続くわけがないわと、テサは鏡に映った自分に言い聞かせた。あなたは夢の世界にいるのよ。スタヴロスに恋しているから、彼の情熱と激しさと貪欲《どんよく》さに屈しているだけ。魅惑的な彼のやさしさに、ただおとぎばなしが現実になったと錯覚しているのよ。

約束もしていなければ心のつながりもない宙ぶらりんな状態を、人は人生とは呼ばない。

もちろんよ。スタヴロスがいなくなると、テサは悩みつづけた。けれどたった一度でいいから夢をかなえ、将来も過去も気にせずに楽しみたくもあった。四年間に経験したことを思えば、私とスタヴロスは愛し合っていて片ときも離れていられないのだという空想をするくらいの権利はあるはずだ。

彼に身をゆだねた以上、どうなるかはわかっている。今すぐ出ていっても数週間後に出ていっても、傷つくことに変わりはない。それならスタヴロスに愛されるこのうえない喜びを味わい、一人になるときのために幸せな記憶を増やしておいてもいいのでは？　今まで一箇所に長くとどまった経験もなければ、よそ者以外として扱われた経験もないから、いつか私は必ず一人になるだろう。でもそんなことにもいいかげん慣れているだろうし、立ち去るときがきてもなんとかやっていける。

自己憐憫《れんびん》にひたってはだめよ。テサは背筋を伸ばし、ドアを開けて寝室に向かった。いつものように、スタヴロスの姿がすぐ目に飛びこんできた。彼がゆっくりと歓迎の笑みを浮かべ、テサは体が熱くなった。彼のもとを去るなんて、考えるのも耐えられない。

テサは手招きされるまで、寝室のドアの内側に服がずらりと並んでいることに気づかなかった。

「君のためだよ、テサ」スタヴロスはささやいた。

「私のため？」テサは顔をしかめ、ゆっくりと部屋を横切っていくつものハンガーの前に立った。

「もちろんさ」彼の口調はけだるく甘ったるい。

「でもどうして？」繊細な生地を使った色とりどりの贅沢《ぜいたく》できらびやかな服に、テサはあぜんとした。

「着るものが必要だろう」そう低い声で言うと、スタヴロスはテサを軽く抱き寄せた。テサはいつものように彼の抱擁に身を任せ、力強い体に支えられることを誇らしく思った。

でも近いうちに私は彼を拒む勇気をふるい起こし、現実に戻らなければならない。スタヴロスがテサの髪に頬を寄せ、彼女は目をつぶった。この数日で、その仕草が大好きになっていた。

「でも、こんなに必要ないわ」テサは困惑した。見る限り、服は一つの村の人間を何度も着替えさせられそうなほどたくさんある。

スタヴロスの手がゆっくりとテサの胸へと伸びた。熱く刺激的な吐息が彼女の首筋をくすぐる。「僕の希望をいえば、服なんて一枚も必要ないんだが」彼の唇が肌を這《は》い、テサは震えた。体は熱く、期待で胸がどきどきする。

自分の欲望と彼のささやきに屈して振り返り、口づけとともになにもかも忘れてしまうのは簡単だった。簡単すぎる。

テサはスタヴロスの腕をするりと抜け、何着も並んだ服の前で立ちどまった。スタヴロスに抱きしめられていたせいか空気が冷たく感じられ、腕をさする。彼女はためらいがちに手を伸ばし、やわらかくて軽い生地でできたドレスに触れた。液体のように手をすり抜けていく素材でできたドレスにも触れた。私の着るものじゃないと、テサは思った。私はコットンの服とジーンズで育った。ここに並んでいるような服は見たことさえない。

「私には着られないわ」テサはきらびやかな服から服へと手をすべらせた。絹のドレス、ジャケット、スラックス、スカート。テサはかぶりを振った。彼はなんということを思いついたのだろう。コットンのスカートやシャツや新しいジーンズだったら、私は喜んで受け取った。けれど、こんな服を着ていては自分らしくいられない。「無理よ」

「なぜだい?」スタヴロスがそばにいるのは、首筋にかかる息でわかった。「なぜ無理なんだ?」

それがわからないようでは、スタヴロスに女性のファッションは理解できないだろう。信じがたいことだ。彼が所有する会社は、美しい女性を飾る最高級の宝飾品を作っているのに。来客用の寝室に置かれた雑誌で見た宝石は息をのむようだった。「こんなの着られないわ。私じゃ……」テサはブランド品をまとった自分が愚かに見えることを説明したくなかった。「カジュアルな服でいいの」

「カジュアルだよ」スタヴロスが全身をざわめかせるような声でささやいた。

「これがカジュアルですって?」テサはエメラルド色の絹のドレスを手に取った。これには地球一個分くらいの値段がついているのだろう。

スタヴロスがやわらかい生地を撫《な》でた。大きな手が身頃《みごろ》からウエストライン、広がったスカートをすべりおりていく光景に、テサはおなかが締めつけられた。まるで自分の素肌をゆっくりと官能的に撫でられているような気分になる。彼女は急に息が苦しくなった。

「このドレスは違うかな」彼もうなずいた。「でも、君の着ている姿は想像できる。魅力的だろうな」

テサはセクシーなドレスの深い襟ぐりをひと目見て、着こなせないと確信した。まったく違うタイプの女性のために作られたドレスだ。

テサはハンガーをもとに戻した。「私向きじゃないわ」断固とした口調で言ったが、目を離すことはできなかった。こんなに美しい服は見たことがない。それに、スタヴロスが買ってきてくれた……。気をつけないと、彼がただ単にものすごく裕福で、私のくたびれた服にうんざりしている以外の理由をさがしてしまいそうだ。彼が私を喜ばせるために美しい服を買ってきたのだとか。

スタヴロスは並べられた服をくまなく見るテサの姿を見つめていた。持ってきたぼろぼろの服からどれに着替えようか、考えているのだろう。

僕が買ってきた服を、彼女は見たこともないはずだ。すべて最上級の品で、僕の愛人にふさわしい。スタヴロスは二級品で我慢する人間ではなかった。一緒にいる間は、彼女にもそうであってほしかった。

これで僕が金も時間も惜しまない男だということがわかったはずだ。短い間とはいえ法的には妻という立場の女性だけにいつもとは勝手が違うが、女性の扱い方なら心得ている。テサは僕を操ろうとしたり、偽りの愛情を現金に換えようとしたりしなければいいのだ。

まっとうなことだから、性的な欲望を抱くのはかまわない。今までのたくらみはともかく、テサは僕を求める気持ちは隠さない。情熱は心からのものだった。ベッドでも演技するほどずるい女性ではないのだろう。

しかし、美しい服をまとったテサを見たいのも事実だ。緑色の絹のドレスを見たとき、テサが自分のために着ている姿を想像してスタヴロスは唾《つば》がわくのを感じた。ドレスは体にぴったりと張りつくので彼女はブラジャーをつけられず、生まれたままの姿に直接まとうしかない。

ドレスを着たテサの後ろに立つことを想像し、スタヴロスは体が熱くなった。手触りのいい生地越しに、つんと上を向いた胸から平らなおなかを撫でる。さらに下へと手を下ろしたら、ドレスをたくしあげて……。

「スタヴロス？」テサが顔をしかめていた。何度も彼を呼んでいたようだ。彼女は黒のワンピースの水着を持っていた。「試着してくるわね。ほかのものは私には似合わないわ」

スタヴロスは、テサが触れもしなかった小さく鮮やかな色のビキニの数々をちらりと見た。そして、にやりとしたいのをこらえた。テサはとても感じやすくセクシーなくせに、ベッドを出ると肌を見せるのをひどく恥ずかしがる。

粗末な服を着るのはやめて、自分を喜ばせるために着飾るようテサを説得しなければ。スタヴロスは喜んでそうするつもりだった。

黒のワンピースの水着が控えめだと思うとは、テサは無邪気もいいところだ。一見シンプルなハイレグの水着は素肌のように体に張りつき、繊細で女らしい体を強調するだろう。

「着てくるといい」スタヴロスは言った。「そして泳ぎに行こう。戻ってきたらほかの服も選ぶんだ。でなければ、僕が選ぶ」

「でも――」

「話し合いは終わりだ、テサ。僕はずいぶん我慢した。君がすすんで服を選ばないなら、今持っている古着を燃やそうか。そうしたらなにを着る？」目をまるくするテサに、スタヴロスはゆっくりと近づいた。無意識に一歩下がった彼女を見て、笑みをこらえる。脅しを実行することを考えると、体じゅうの血が騒いだ。「君が裸でいても、僕はいっこうにかまわない」テサが抵抗してくれないかとさえ思う。得をするのは僕だから。

「わかったわ」テサはとうとう降参した。「あとでほかのも選ぶわね」

スタヴロスは内線電話に手を伸ばした。プールがある中庭は誰にもじゃまされない場所だ。だが……。

「警備か？」テサの後ろで扉が閉まるのを見つめながら、彼は言った。「中庭には誰も来ないように」

受話器を置き、スタヴロスはほほえんだ。愛人が同じ屋根の下で暮らしていると、それなりにいいことがあるものだ。彼はそのすべてを心ゆくまで楽しむつもりだった。

スタヴロスは寝室で待つテサを思い浮かべながら階段を上がった。アテネで出席した会議の帰りは、まったく仕事に集中できなかった。自分を裸で待っているテサで頭の中がいっぱいで、上海に出す店舗の最終準備でさえどうでもよかった。

裸でなければ、僕が買い与えた裸に近いネグリジェを着ているだろうか。寝室に向かう間、彼は体が熱をおびるのを感じた。

スタヴロスは扉を押し開けた。誰もいない。バスルームの香りのいい湯にテサがつかっていないか確かめに行く。そこにも彼女はいなかった。

残念そうな笑みを浮かべると、スタヴロスはネクタイをゆるめてジャケットを脱いだ。せっかちな愛人を満足させる方法を、彼女には教えなければ。

テサはいまだかつてスタヴロスを待っていたことがなかった。厨房《ちゆうぼう》で家政婦とペストリーを作っていたり、泳いでいたり。あるときなどは、菜園で庭師の手伝いをしていたこともあった。

だが、スタヴロスは気にしなかった。彼を見つけたテサの反応は、いつでも同じだった。うれしそうににっこりし、抱きついて情熱的な口づけをするのだ。そのたびに彼は苦しいほど体が高ぶるのだった。

ベッドでテサにいろいろな手ほどきをするのは、ビジネス相手に不意打ちを仕掛けるより楽しかった。あまりにテサが欲しくて、彼はときどき自分が彼女の初めての相手だという小気味いい事実さえ忘れることがあった。

テサほど情熱を出し惜しみしない女性はいない。僕をこれほど……幸せにしてくれた女性も。

スタヴロスはカフスリンクをはずし、袖《そで》をまくってテサをさがし歩いた。階段に近づいたとき、彼は蘭《らん》の豊かな香りにふと足をとめた。テーブルに飾られた華やかで美しい花を見て、瞬時にテサを連想する。スタヴロスはやわらかい花びらを触り、軽く歯を立てただけで彼女が興奮する耳の裏のようだと思った。

彼はにっこりした。邸宅に飾ってある花に今まで気づいたことなどなかった。だが異国情緒漂う蘭には魅惑的で官能的な美があり、テサを思い起こさせた。優美で興味深い神秘的な女性を。

この数週間、スタヴロスはテサとベッドで過ごすことはもちろん、ほかでも一緒に過ごすのを楽しんできた。しかし彼女には不思議なところもあり、理解できないことも多かった。性格はだいぶわかってきた。感情を素直に表すことも、彼と一緒にいるのを楽しいと思っていることも、なぜか彼の父親が大好きなのも知っている。

使用人もみな、テサを気に入っていた。大事なことだと、スタヴロスは思った。義理の母親たちは使用人を軽蔑《けいべつ》し、無愛想だった。しかし、テサは僕から宝飾品をもらおうともしない。受け取ったのは数枚の服だけ。地球を半周して僕をゆすりに来た女性のすることだろうか？

ずる賢く強欲で計算高い女性が、質素な服を好むだろうか？　ほんの少しの世話と気づかいで、テサは花が開くように美しくなった。

スタヴロスは突然気づいた。今までベッドをともにした多くの女性とは違って、テサの目的はきらびやかな生活を送ることではない。彼女が求めているのは経済的に安定した生活だ。そうに違いない。不安定な幼少期、貧しかった十代、薄給の仕事、南米で過ごした日々を思えば無理もない。

スタヴロスは目の前で和解金を放棄したときの、テサの引きつった顔を思い出した。僕の財産がどれほどか、知らなかったからだろうか？

僕の考えは甘いだろうか？　スタヴロスは厨房の外で足をとめ、顔をしかめた。テサにはなにかほかに魂胆があるのか？　それでも彼の直感は、テサが純粋無垢《むく》な女性だと訴えていた。

扉を開けて中に入り、スタヴロスは立ちどまった。テサは一人ではなかった。開けた扉がぶつかって彼は無意識に一歩前に出たが、目はテサに釘《くぎ》づけだった。

こんなに美しい彼女を見たのは初めてだ。テサはスタヴロスが買い与えた中でも、いちばん簡素な服を着ていた。薄手の細身のスラックスに合わせたシャツは彼女の瞳と同じ色をしている。

スタヴロスの注意を引いたのは、テサの服装ではなかった。彼女の体から発する純粋な喜びだ。彼は胸が温かくなるのがわかった。

テサは腕に幼児を抱いていた。スタヴロスはすぐに、その子が家政婦のメリナの孫だとわかった。喉を鳴らしながら笑っている子供は、テサの持ったボールを取ろうとしていた。手が届かないと、今度はテサのポニーテールにした絹のような黒髪をつかんだ。「痛い！　アドニ、ずるいわ」だが彼女の口調はやさしく、とがめてはいなかった。

頬を紅潮させてにこにこしているテサの姿に胸を打たれ、スタヴロスは動けなくなった。ほかに大事なものはないと言わんばかりの笑みを、彼女が子供に向けているからだろうか？　それとも、彼女がよその男が設けた子供と遊んでいるから？

なんとなくうずくような痛みを覚えたスタヴロス

は全身に震えが走り、脚をさらに開いた。押し寄せる感情が心を揺さぶる。だが、その意味を考えるつもりはなかった。ずっと感情ではなく、理性でものを考えてきたのだから。

「スタヴロス！」驚いたようなテサの声に、スタヴロスは我に返った。それでいい。胸にぽっかりと穴があいたような感覚は、無視するのがいちばんだ。

「ライバル出現らしいな」彼は無理やり笑みを浮かべた。心を乱す説明できない感情にではなく、恋人に意識を向けられることにほっとしていた。

スタヴロスの笑顔にびっくりし、テサはアドニをぎゅっと抱きしめた。いつものことだが彼がほほえむと体じゅうが震え、足の指先がまるまってしまう。しかし、今日は安堵《あんど》も感じていた。

先ほどまで、彼は怖い顔をしていた。眉間《みけん》にしわを寄せ、緊張で肩をこわばらせていて、テサは心が沈んだ。不信感と非難に凝り固まっていたころの彼に、なにかのきっかけで戻ったかと思ったのだ。

「あなたはとってもハンサムだものね、アドニ」テサは子供にボールを渡した。英語がわからないのは承知のうえだ。「気に入らなかったの？」先ほどのスタヴロスのしかめっ面が引っかかっていた。

「僕がいない隙《すき》にほかの男と抱き合っていることがかい？」

テサは肩をすくめた。先ほどの不機嫌な顔にはなにか理由があるはずだ。「アドニと遊んでいることがよ。ここでは使用人と……客の間にきっちりとした境界線があるんでしょう？」私も客には違いない。テサはかすかな苦々しさを感じた。愛人にすぎない妻を、ほかにどう言えるだろう？

スタヴロスは眉を上げた。「そう思うなにかがあったのか？」

テサは首を振った。それどころか仲よくなった使用人はみんな、スタヴロスのことを尊敬と愛情をもって話した。家族の一員のように思っているのだろう。「いいえ。ないわ」

「それならいい。みんな、うちの者だから」

テサは不思議そうに首をかしげた。うちの者？

「この島の出身ということさ」彼は説明した。「ここでは島の人間を雇うと決めている。会社でもできるだけそうして、地元の経済を後押ししているんだ。みんな、善良な人たちだからね」

使用人もスタヴロスをそう思っているに違いない。テサは彼をほめる言葉を何度も聞いた。その昔、夫を亡くしたばかりのまだ十代の子供をかかえたメリナを家政婦のまとめ役として雇ったこと。地元の事業主にお金を貸したり、本土で学びたい若者に奨学金を出したりしたこと。

テサはスタヴロスをとんでもなく裕福な男性としか知らず、彼がその財産を使ってなにをしているかなど考えたことがなかった。スタヴロスは個人資産を増やす一方で、ほかの人や地域社会にも関心を持っている。なんてすばらしいのだろう。

ずっと抱かれているのに飽きたようで、アドニがテサの腕の中でじたばたした。彼女はスタヴロスを見つめた。すぐそばにいる魅力的な男性に、なじみのある感覚が体の中でくすぶる。

「アドニをメリナに帰してこなくちゃ」

スタヴロスが心得たような笑みを浮かべた。アドニの頭上で二人の視線がからみ合い、熱をおびる。

「あまり長くならないでくれ」彼の声は低く、テサはどきりとした。「今夜は特別な予定があるから」

スタヴロスがなにを考えているかは一目瞭然《りょうぜん》だった。そして、テサは喜んで彼につき合うつもりでいた。スタヴロスの考えることに逆らうなどできなかったから。

急いでうなずいてぎごちない笑みを浮かべると、

テサはきびすを返して勝手口に向かった。メリナは夕食のためのハーブをつんでいた。彼女にアドニを渡したら、すぐにスタヴロスのもとに戻ろう。そう考えただけで、テサの胸は興奮でいっぱいになった。

スタヴロスは去っていくテサの後ろ姿を見つめた。やさしく揺れるヒップ、子供を守るように抱いた腕、背中をおおう髪の官能的な動き。鋭い欲求がこみあげ、彼は下腹部がこわばるのを感じた。

彼女をどうすべきだろう？　セックスが最高である以上に、スタヴロスはテサとの暮らしが楽しかった。彼女ともっと時間を過ごせるように、仕事を部下に任せさえした。彼らしくもない甘い対応だったが、心から満足していた。

スタヴロスは髪に手をやり、答えをさがした。そして、突然理解した。ある考えが脳裏をよぎり、うなじの毛が逆立つ。そんな、まさか。ありえない。

しかし、完璧《かんぺき》につじつまが合う。

彼は窓辺に立って、メリナと話すテサを見つめた。その間にも思いついたことをあらゆる角度から見極め、さまざまな可能性をさぐった。

父親は寂しがっており、話し相手を求めている。スタヴロスは父親にデナキス家の跡継ぎを見せたかった。妻も欲しかった。賢くてセクシーな女性と子供を授かり、くつろげる家庭を築いて、長い一日の終わりにほっとできるひとときを設けたかった。

そして、テサは安定を求めている。僕の勘が間違っていなければ、彼女は金以外にも、家族と家と親類を望んでいる。アドニを抱く姿は子供好きそのものだった。テサはきっとやさしく思いやりのある母親になるに違いない。

スタヴロスの子供といるテサの姿が目に浮かんだ。それだけで、彼は胸がどきどきした。

そうとも。テサは条件にあてはまる女性だし、僕は彼女の求めているものを与えることができる。テサがもっと個人的な部分でも理想的な女性だという心の声を、スタヴロスは無視した。

それに、二人はもう結婚している。交渉の必要もなければ、退屈な求婚すらしなくていいのだ。スタヴロスの脈が速まった。そうすれば、避妊する必要もなくなる。彼女も子作りに積極的になるはずだ。隔てるものがなにもない中でゆっくりとテサを愛せると考えただけでスタヴロスは血が騒ぎ、体が熱くなるのがわかった。

正しい決断だ。それだけではない。完璧でもある。

離婚するのはやめよう。代わりに、テサが拒めない条件を出せばいい。ここに居場所を提供するのだ。僕の妻としての。

# *13*

私は愚か者なの？　テサは自分が正気を失ったのか、それとも人生で初めて現実が夢をうわまわったのか決めかねていた。過ちを犯しているのはわかっている。この関係の行き着く果てを、数週間前にスタヴロスに問いただすべきだった。彼はテサを気づかい、健康を心配し、やさしくなぐさめ、枯れることのない情熱をもって接してくれるが、将来の話は一度もしなかった。

二人の関係は長くは続かないと、彼が思っているのは明らかだ。楽しく都合よく過ごせればそれでいいのだろう。彼と同じような育ちの女性たちとはちょっと違う私がめずらしかっただけに違いない。

それでもテサは、スタヴロスが火遊び以上の気持ちでいるという期待を捨てられなかった。時がたてば、二人が完璧《かんぺき》なカップルだと気づくときがくると信じたかった。

そんな一縷《いちる》の望みにすがるなんて、やっぱり愚か者だわ。もしくは恋に落ちているかよ。テサはまばたきもせずに鏡を見つめ、真実と向き合った。

それこそ、ここにとどまった理由だった。プライドと心の安定を犠牲にしてでもギリシアに残ったのは、スタヴロスに恋してしまったからだ。

彼はテサが夫と恋人に望むすべての要素を持ち合わせている。強くて、思いやりがあって、誠実。スタヴロスと離れることを考えると、不安でみぞおちが締めつけられた。

それなのに、テサはスタヴロスに将来の話をするのを尻込みしていた。今ここにある暮らしにしがみつき、拒まれたらどうしようと悩んでいた。

テサは顎を上げた。もう逃げられない。自分のためにも未来を手に入れなければ。彼女は視線を落とし、ほとんどむき出しの肩を見おろした。セクシーなドレスはブラジャーをつけられないデザインで、直接肌に張りついている。テサは今までになく自分の体を意識した。下着がごく薄いレースの布きれだという事実も、体を駆けめぐる興奮に拍車をかけた。

エメラルド色のドレスにしたのは、スタヴロスから言われたからだ。露出の高さが気になったが、今は逆にありがたい。彼の目が素肌に向けば、私がブランド品を着て緊張していることに気づかれないかもしれない。

スタヴロスは……どう思うだろう？　企業家の友人たちの中にいても浮かない女性？　それとも、洗練された人々にも引けをとらない女性？

たぶん、そんなふうには思わないだろう。でも、今まで考えていなかった選択肢に目を向けてくれるかも。都合の悪い妻との結婚を続ける、とか。

　テサは扉を押し開け、ハイヒールをはいているせいでゆっくりと腰を揺らすように歩きながら寝室に入っていった。スタヴロスが顔を上げ、熱い視線を向ける。テサは歩く速度をゆるめた。鼓動が速く不規則になるのがわかる。

「後ろを向いてくれ」なめらかなスタヴロスの声に、テサは頬を赤らめてくるりとまわった。

　彼はほとんどむき出しの背中をじっと見つめている。神経を研ぎすましているせいで視線が一センチ刻みで下りていくのを、テサは感じた。彼がそこを指と唇で愛撫《あいぶ》するのを想像して、体を震わせる。

　振り返ると、スタヴロスは先ほどより近くにいた。瞳は赤々と燃える炭のように輝いている。彼の視線が体を這《は》い、テサは胸の先端が硬くなるのがわかった。張りつめた彼の表情には欲望が見てとれた。

「きれいだ、僕のいとしい人。申し分ない」スタヴロスはテサの手の甲にキスをした。てのひらと手首にも。

　欲求がこみあげ、テサは身震いした。スタヴロスはただ見つめ、触れ、男らしい低い声で話をするだけで、私を誘惑してしまう。

　その瞬間、彼女は衝撃的な事実に気づいた。たとえ彼に長くつき合うつもりがなかったとしても、それが彼の選択なら私は喜んで受け入れよう。テサはそれほどスタヴロスを愛していた。

「おいで」スタヴロスはテサの手を取った。「メリナが特別な食事を用意している」指をからめ、テサの手をやさしくなぞる。「早くしないと、ここで夜を過ごそうと君を説得しそうだからね」彼はテサの頬から顎までを軽く撫《な》でたあと、激しく打つ喉の脈で手をとめた。「そのドレスだって、脱がされる前に三十分は君に着ていてほしいんじゃないかな」

　大きく力強い手でドレスをはぎ取られる光景を脳

裏に思い描いたテサは、舌が口の中で張りつくのがわかった。それでもスタヴロスを見あげて笑みを浮かべ、肩をすくめた。

「メリナをがっかりさせたくはないでしょう？　彼女は午後からずっと料理してくれていたのよ」

　夕食は申し分なかった。美しくおいしいペストリーはとろけるようだったし、新鮮でみずみずしい魚介類は素材の持ち味を生かした調理がされていた。鶏肉《とりにく》のシャンパンソースがけには、小さなパンが添えられている。島の郷土料理がずらりと並べられ、テサはとても食べきれなかった。

　雰囲気も格別だ。食事をしている水際のあずまやは、周囲の蔓薔薇《つるばら》に無数の小さなろうそくが取りつけられていた。遠くでは通り過ぎる船の明かりが揺れ、ビロードのような暗闇《くらやみ》を飾っている。

　やさしい風に揺れるろうそくの火はスタヴロスの顔に影を落とし、男らしさを強調していた。

　テサは彼を見つめているだけで胸がいっぱいになった。だが、うっとりしているひまはなかった。スタヴロスはいつものように熱心にさまざまな話題を投げかけては、互いの共通点をさぐった。

　スタヴロスの視線が何度も胸の谷間をとらえるのに、テサは気づいた。彼も二人の間の緊張を無視できずにいるのだ。

「君に渡したいものがある」皿が下げられると、スタヴロスは言った。堅苦しい口調に、テサは身構えた。財産に対する請求を制限する法的な書類がまだあるのかしら？

　スタヴロスがポケットからなにかを取り出した。書類にしては小さすぎる。目の前に置かれたものを見て、テサは息をのんだ。黒いベルベットの小箱には、金色でデナキスの頭文字のDが刻印されている。宝石を特集していた雑誌で、彼女は最近そのロゴを見たばかりだった。

「私に？」テサの声が震えた。粗末なお下がりしか持っていない自分に服を買い与えるのと、宝石を贈るのとではまったく意味が違う。

「君にだ」彼はテサを見つめた。「開けてごらん」

テサは口の中がからからになった。これがなにを意図しているかを考えると、頭がくらくらしてくる。蓋《ふた》を開ける手はいつになく震えていた。

エメラルドが光を反射して輝きを放ち、テサはまたもや息をのんだ。こんなに美しいものは見たことがない。アンティークの金に大きなスクエアカットの宝石をあしらったペンダントを取ろうか、彼女は迷った。きっとなにかの間違いだ。

「君にぴったりだと思ってね」

その声に、テサは鳥肌が立った。自分の目も耳も信じられず、最高級のペンダントを見つめる。

「これを私にくれるの？」

「君のために作られたようだろう？」スタヴロスの声は温かい蜂蜜《はちみつ》のように、過敏になったテサの神経をねっとりと包みこんだ。「家宝として作られたもので、母も祖母も身につけていたんだ」

テサは息苦しくなった。スタヴロスはお母さんのペンダントを私にくれるの？　美術館に飾ってあってもおかしくない、彼にとっても特別な意味があるこの美しい家宝を？

その意味を考えて、テサは動揺せずにいられなかった。私と同じように、スタヴロスも恋に落ちたのかしら？　いいえ、彼は婚約者と別れたばかりなのよ。けれど、心から希望が消えることはなかった。

顔を上げると、スタヴロスはすでに立ちあがり、純白のサテン地の上の宝石を手にしていた。テサは息をとめ、彼が後ろに立ってペンダントを首にかけるのを待った。首の後ろに温かく力強い手が触れたとたん、素肌に石の重みを感じた。

ペンダントがどれだけ美しく見えるかは鏡を見なくてもわかる。テサは自分も美しくなった気がした。スタヴロスが大切な宝石を渡せるほど心を許してくれていることに、体じゅうの血が熱くなる。彼女はもはや喜びの笑みを隠そうとはしなかった。

わかった。スタヴロスは私を愛してる。考えたこともなかったけれど、彼も私と同じで世界でいちばん目の前の相手が大事なのだ。

残忍な言葉でののしられ、責められたのがずっと昔のことのようだ。あれから私は、彼が世間に見せない顔を見てきた。やさしく思いやりのある、男らしい部分を。いたずらっ子のようにからかったかと思うと惜しみない情熱で愛してくれる男性を、テサは心から愛していた。彼女はこみあげてくる涙をまばたきでこらえた。

「思ったとおりだ」彼が言った。「ぴったりだよ」

なにを考えているかはわからなかったが、スタヴロスは静かにたたずんでいた。彼も今夜が大事な夜であることに気づいているのだと、テサは思った。彼女はペンダントに手を触れ、硬い石を撫でて現実に意識を戻そうとした。

「スタヴロス、私……」この豊かな気持ちを、どう言葉で表せばいいのだろう？　ただ一つ、誤解しようのないもっとも重要な言葉が思い浮かんだ——愛してる。

「テサ」彼女がその言葉を口にする前に、スタヴロスが言った。「僕たちのことをずっと考えていたんだが」彼は椅子を引き寄せてテサの隣に座ると、彼女の手を取った。温かく頑丈で心地よいその手を、テサは二度と放したくないと思った。彼に気持ちを認めてほしかった。この数週間彼のやさしさをそこはかとなく感じてはいたけれど、まだ本当だとは信じられない。

「なに？」テサは息を殺してきいた。

スタヴロスは親指でテサの手首をさすり、てのひらの中央にある敏感な場所をさぐった。そこから心地よい震えが彼女の体じゅうに広がる。

「僕たちの結婚だが」あまりにも間があいたので、テサは心配になった。スタヴロスはつねに自信満々で、はきはきしているのに。彼は一瞬、口をぎゅっと閉じてから言った。「終わらせたくないんだ」美しい目は真剣そのものだった。テサはその瞳から目を離せなかった。

「結婚したままにしたいの?」勘違いしていないことを確認せずにいられなかった。

「ああ」スタヴロスの手に力がこもった。「離婚は取り消しだ。この先もずっと僕の妻でいてほしい」

その言葉はテサの頭の中でこだました。潮が満ちるように喜びがこみあげ、胸がいっぱいになる。

だが、スタヴロスの顔はあまりにも冷静で堅苦しかった。テサを抱きしめてキスをしようともしない。氷のように冷たい疑いがわきあがり、テサは承諾しようと口を開けたまま凍りついた。

鋭い視線がテサの口から目へと動いたとき、彼女はスタヴロスに表情がないことに気づいた。温かみも情熱も愛情も感じられない顔は、まるで取り引きをまとめているかのようだ。

「どうして?」テサの声はかすれて、ほとんど声にならなかった。彼女はもう一度言った。「どうして結婚したままにしたいの?」

スタヴロスはためらわなかった。「理にかなっているからだ。大丈夫、いろんな角度から検討したが、全員にとっていちばん都合のいい方法だよ」

「全員?」テサは唇の感覚がなかった。

「そのとおりだ」親指がまたてのひらをなぞったが、テサの体は震えもしなければ脈が速くなることもなかった。「みんなに得るものがある。君はとくにだ」

テサがなにか言うのを待っているのか、スタヴロスが間をおいた。だが、テサはなにを言っていいのかわからなかった。二人が結婚するのは愛情の結果ではなく論理的な手段でしかないと、スタヴロスは告げている。いったいどうすればいいのだろう？

「君は家族の一員としてここに残れる。僕の妻になれば安全も保障され、富も手に入る。やさしい夫と莫大《ばくだい》な財産が君のものになるんだよ」彼はまたしても間をおいたが、テサが口をつぐんだままなのを見ると話を続けた。「家庭を築こう。君も子供が欲しいだろう？」

テサはうなずいた。子供は大好きだ。自分を愛してくれる男性と出会えたら欲しいと夢見てきた。

嗚咽《おえつ》をもらしそうになり、テサは涙をのみこんだ。こみあげる悲しみに屈してしまうと、いつまでも泣いてしまいそうだった。

愛に対する希望も、スタヴロスが本気になってくれたという愚かな夢も粉々に砕け散る。胸の痛みさえなければ、そんな想像をしてしまった自分を笑えたかもしれない。裕福で世慣れていて妥協を知らない彼が、平凡なテサ・マーロウと恋に落ちるわけがないのに。

でも突き刺すような痛みに息をするのさえ苦しくても、しかめっ面などできない。

「よし」スタヴロスは満足そうに笑みを浮かべた。「それなら、すぐにでも子供を作ろう」

彼の声が遠くでするようで、テサは顔をしかめた。本当に彼はそう言ったの？　彼女は乾いた唇を舌で湿らせ、喉につかえた熱い痛みをのみこんだ。

「あなたの子供を私に産んでほしいの？」

「美しい赤ん坊が産まれるよ。母親に似たならね。僕たちの息子か娘の顔を想像できるかい？」

低い声に心がこもっている気がするのは勘違いよと、テサは思った。二人の子供が邸宅で遊び、プールや浜辺で泳ぎを覚える姿をはっきりと思い描けることに、彼女は狼狽《ろうばい》した。男の子なら、父親の目と顎を受け継ぐたくましい子になるだろう。女の子なら、父親をとりこにする子になるだろう。

テサは泣き叫び、スタヴロスの体をたたいて、まがい物の愛を与えようとする残酷な運命に怒りをぶちまけたくなった。うわべだけの夢の人生なんて、もっとも大切な彼の愛が欠けている人生なんて拷問と同じだ。テサはスタヴロスの手から身を引いた。骨の髄から寒気がこみあげて、腕をさする。

「そろそろ、デナキス家の跡継ぎがいていいころだろう。父も孫を見たがっているから喜ぶ。だが、僕自身も家族が欲しいんだよ、テサ。身を固めたい」

手の甲で頬をなぞられ、テサはまばたきをして目を閉じた。ほろ苦い欲望に体が震える。体は心を裏切り、彼の申し出をありがたく受け入れるよう騒いでいた。

「君にその相手になってほしいんだ、テサ。僕たちは非の打ちどころのないカップルだよ」テサの中で、最後の希望に火がついた。もしかすると私は思い違いをしているのかもしれない。仕事づけの生活のせいで、彼は自分の気持ちを説明するときも堅苦しい口調になるのでは？「君は僕の妻となり、子供たちの母となり、女主人を務める。君の意思は尊重するし、小づかいも存分に与える。不安のない生活が送れるはずだ」

スタヴロスの言葉は恐れていたことを決定づけ、テサの心をずたずたに引き裂いた。彼女は呼吸に意識を集中させた。私を妻にしたいのは、都合がいいから。ただそれだけの理由なのだ。

夢も心も粉々に打ち砕かれているのに物音一つしないのが、テサは不思議でならなかった。

テサを見つめていたスタヴロスは、表情を曇らせた。頬をなぞると、彼女はいつものように目を閉じた。軽い愛撫にさえ彼女が反応を示すのを、スタヴロスはもっとも気に入っていた。

だが、テサの表情に喜びはなかった。スタヴロスはいつにない緊張感とともに、テサの同意を切に望んでいる自分に気づいた。

不思議なことに計画を練っている間は、テサにどれほどイエスと言ってほしいか考えていなかった。いや、完璧な契約ばかり結んできたから、きちんとした結果が出るものと思いこんでいたのだろう。

しかし目を開けたテサを見たとたん、スタヴロスはなにかが違うと気づいた。ほの暗い明かりの下でも、彼女がやり場のない表情を浮かべているのがわかる。つらいのか、眉間《みけん》にかすかなしわを寄せている。スタヴロスが顎を包みこむと、彼女は震えていた。

「テサ、どうした？　気分でも悪いのか？」

無言でテサが顔を上げ、スタヴロスは不安でたまらなくなった。彼女は青ざめ、不規則な呼吸を苦しそうに繰り返している。彼はほっそりした背中に手をあてた。彼女が体をこわばらせる。

「どこか痛むのかい？」

テサはゆっくりとうなずいた。「ごめんなさい。急に気分が悪くなって」

ずいぶん控えめな表現だ。じっと動かずに顔をゆがめているのを見れば、苦しんでいるのは一目瞭《りょう》然《ぜん》なのに。スタヴロスはテサが医者の診察を受けたとき、自分は健康だと言い張ったことを思い出した。冷たい手が心臓をわしづかみにする。

「話さなくていい。戻って医者を呼ぼう」スタヴロスは立ちあがり、テサを抱き寄せた。だが体をまるめるようにして縮こまっている彼女の姿に、不安は増すばかりだった。

「平気よ」テサは嘘《うそ》をついた。テラスに近づくと、屋外の明かりがまぶしくて目をおおった。「急に頭痛がしたの。一人で休めば治るわ」

もちろん休んだほうがいいが、こんなに苦しんでいるのだから一人にはさせられないとスタヴロスは思った。どうして僕は気づかなかったのだろう？　言うべきことで頭がいっぱいだったからか？　だが記憶をたどっても、なにも思い出せない。ほんの数分前まで、テサは愛らしい笑顔で僕を見あげていた。

だから僕も、お互いにとって正しい決断を下したという興奮と喜びと満足感にひたっていた。

こちらを見あげるテサを目にし、スタヴロスは経験のない気持ちがこみあげるのを感じた。テサの唇を奪いたい衝動を必死に抑える。その場で襲いかからないだけの平常心を取り戻してから、スタヴロスは彼女を抱きかかえた。

テサは腕の中で震えていた。目をつぶったまま苦《く》悶《もん》に唇を引き結び、下唇を噛《か》んでいる。

「ダーリン、もう着くよ。すぐに横になれる」

テサはスタヴロスの胸につけた頭をかすかに動かしただけだった。これほど彼女が小さくはかなく感じられたことはなかった。ここを訪れた夜、疲労で倒れそうだったときでさえ、テサは燃えるような目で僕に果敢に食ってかかったのに。今の彼女のようすを見て、スタヴロスは恐怖に縮みあがっていた。

その一時間後、テサはスタヴロスの巨大で心地よいベッドに横たわっていた。彼は医者を呼ばないなら、せめて容態が悪化した場合に備えて自分がそばにいると言い張った。

心配そうなスタヴロスこそが心痛の原因なのに。テサは大声で泣きたい衝動を必死にこらえた。痛むのは頭ではなく、傷ついた心だとは言えなかった。

だからテサは素直に痛みどめをのみ、ドレスを脱いでスタヴロスの大きなTシャツに着替えた。スタヴロスはベッドにもぐりこむと、心地よい鼓動が響く胸にテサをやさしく抱き寄せた。

そんなことをする彼を嫌いになれたらと、テサは思った。私の愛にスタヴロスはまったく気づいていない。愚かなことに彼は愛してるからではなく、便利だから結婚しようと言った。互いに都合のいい、うまい解決策を見つけたつもりでいるのだ。本当にそうなら、恋がどういうものか彼はまるでわかっていない。

でも愛してもいない私を、彼はこの世でいちばん大切な女性のように扱い、心配し、面倒を見てくれている。そんな男性をどうして嫌いになれるだろう？　やっぱり、私にとって彼は特別な男性なのだ。

彼を愛さずにいられない。けれど愛されていないのに、一緒にいることはできない。

ここを出ていかなければ。

# 14

スタヴロスはもう一度腕時計を見た。祝賀式がそろそろ終わる。彼はテサの具合を確認したかった。

当初は学校の図書室新設の祝賀式に、テサも連れていくつもりだった。彼女を地域社会にとけこませる機会だからだ。だが地元の既婚婦人の二人に一人は、すでに彼の妻を知っていたらしかった。

人々の評価は高かった。当然だろう。学校のバザーだろうと、友人との夕食会だろうと、スタヴロスの父親の相手だろうと、テサはうまくこなした。スタヴロスの伴侶《はんりょ》役もだ。彼はテサが心配でならなかった。今朝の彼女は昨夜の頭痛を引きずっていたのか、疲れきった顔をしていた。

最後のスピーチが終わり、お決まりの握手をしたあと、スタヴロスはもごもごと場を離れる言い訳をした。

あちこちからささやき声がもれる。目の前にいる全員と、彼は知り合いだった。僕の劇的な婚約解消や結婚していた事実を聞いて、彼らは陰で噂《うわさ》をしていたのだろう。今は僕が早退するのは、若く美しい妻のもとへ戻るためだと話しているに違いない。

お祭しのとおりだ。

スタヴロスはにやりとしたいのをこらえて車に乗った。家に帰るのを楽しみにしたことはなかったが、今はテサが待っている。邸宅がある丘のふもとでスタヴロスはふと、運転席にいるペトロスがミラー越しに見つめていることに気づいた。わけもなく不安がこみあげる。「どうした?」

「奥様がお父様のところへお出かけになったのはご存じですか?」

スタヴロスは肩をすくめた。「いつものことだ」動けるのなら、頭痛も治ったのだろう。

「ディミトリからの報告では、奥様はバックパックを持ち、帰りを待たなくていいと言ったそうです」

なんだって? スタヴロスは後部座席にもたれたまま緊張した。「本当か?」愚かな質問だった。

「はい。ディミトリから連絡がありましたから」

緊迫した心拍音が耳に響き、心臓が狂ったように打つ。「父の家に寄ってくれ」スタヴロスは腕を組んだ。どういうつもりだ? どうして彼女は荷物を持っていった?

それから四時間後、スタヴロスは寝室を歩きまわって、テサが逃げ出した理由を見つけようとしていた。

まさに彼女は逃げ出した。持ってきたみすぼらしい服以外のすべてを置いて出ていったのだ。デナキス家のエメラルドさえも残していた。昨夜、ペンダントにあれほどうっとりしていたのに。

昨夜のどきっとするほど愛らしかったテサを思い出し、スタヴロスは激しく胃が締めつけられた。幸せに顔を輝かせた次の瞬間、彼女はつらそうに真っ青になっていた。

スタヴロスは恐怖に震えた。テサは病気なのか？看病する人間もなく、一人で病と闘っているのか？

彼はそうすればテサの秘密がわかるとでもいうように、ビロードの宝石箱を強く握りしめた。なぜ出ていった？

空っぽの邸宅を見て初めて、スタヴロスはテサがどれほど完璧《かんぺき》だったかに気づいた。どうして彼女がいなくなったのか、どこへ行ったのか見当もつかない。

父親は妻にも旅をする権利があると言っただけで、逆にパスポートを取りあげた息子を叱《しか》りつけた。だがたとえそうしなくてもテサは僕のもとにとどまっていたと、スタヴロスは思った。彼女は間違いなく自分の意思で僕の邸宅にいた。

スタヴロスは窓辺に近寄りながら、テサが庭にいるかもしれないという期待を押し殺した。やはりどこにもいなかった。

父親の声が頭の中でこだまする。〝彼女はおまえを見限った。オーストラリアに帰ったんだ〟

ヴァシリスは、島を去るテサの手助けをしたことを後悔するそぶりさえ見せなかった。彼女は泣きながら出ていったと聞き、スタヴロスは罪悪感で胸が痛くなった。彼女は話ができないほど取り乱し、絶望していたと父親は言った。

スタヴロスは宝石箱を窓枠にたたきつけ、湾の向こうにぼんやり見える本土に目を向けた。手がかりがつかめしだい、本土に渡って彼女をさがそう。

本当なら今すぐさがしまわりたかった。だがテサが連絡してきたときに声を聞きたくて、スタヴロスは島に残っていた。

なぜ出ていった？　望むものはすべて与えた。安定も、身の安全も、経済的な余裕も。家族も、やさしい夫も、決して一方通行ではない親密な体の関係もだ。

スタヴロスは目をこすり、両手で髪をかきむしってなにが足りなかったのか必死に考えた。今朝は来客も電話も郵便もなかった。彼女はコンピューターにも触れていなかった。逃げ出した原因が、今日受け取った知らせでないことは確かだ。

部下からの連絡を待っていられなくなり、スタヴロスはドアに向かって歩きだした。部下がまだテサを見つけられないとはどういうことだ？

明日になってオーストラリア大使館が開いたらすぐ、そこでテサを待とう。彼女が必ず訪れる場所に立っておくのだ。ほかに行く場所などないのだから。大使館周辺を探偵に見張らせることになっていても、じっとしてはいられなかった。テサは言葉さえわからない国で、頼る人間もなく一人でいるのだ。

スタヴロスは猛烈な勢いで階段を駆けおりた。テサの居場所がわかったら、部下から携帯電話に連絡が入る手はずになっている。しかし、いまだになんの知らせもなかった。

恐怖に胸をえぐられ、スタヴロスは呼吸が苦しくなった。心にはぽっかりと穴があいている。そこからテサの身を心配する気持ちや、彼女が出ていった怒りよりもはるかに強烈な感情がこみあげていた。

スタヴロスは……途方に暮れていたのだ。

誰かの手がやさしく髪を撫《な》でている。首筋から鎖骨、肩をなぞられ、テサは目を覚ました。腕に温かなてのひらを感じ、耳元で甘く豊かな声が響く。

「泣いていたんだね」彼はそう言うとテサの喉に鼻

を押しあて、涙が乾いて突っぱった頬にキスをした。
大きな手がパジャマ代わりのTシャツを撫でる。
彼の香りがするTシャツを、テサは持ってきていた。
「泣かないでくれ。君の涙は見たくない」先ほどよ
り強い口調に、テサは夢ではないことに気づいた。
目を開けるとスタヴロスがいた。夢で見たとおり
の姿だが、実物はさらにすばらしかった。日に焼け
た肌とつややかな黒髪が明かりに照らされ、美しい
顔と形のいい唇を際立たせている。透きとおった濃
いグレーの瞳には、テサが見たことのない表情が浮
かんでいた。
「スタヴロス？」彼女は目をしばたたいた。彼がい
るはずはない。私の居所は知らないはずだもの。ヴ
アシリスは言わないと約束したし……。
「僕が追いかけてくるのはわかっていただろう？」
スタヴロスの目を見て、テサは胸が痛くなった。
情熱的なのに悲しそう。どうしてなの？

テサは広いベッドの反対側に逃げて、シーツを胸
の上にたくしあげた。スタヴロスがベッドに座る。
心を奪われた男性が実際にそばにいることに、テサ
は胸がどきどきした。
手を伸ばしてスタヴロスに触れたい。体は彼を求
めていた。だが、テサは代わりに拳《こぶし》を作った。
「どうやってここへ？」感情がこみあげ、弱々しい
ささやき声しか出せなかった。
「塀を越えて窓から入った」スタヴロスは肩をすく
め、夜風になびくカーテンを指さした。「警報装置
をとめる暗証番号を知っていたから簡単だったよ」
二階分の壁をよじのぼるのが簡単ですって？
「どうしてそんなことをしたの？」
「父とはもう話したくなかった。君に会いたかった
んだ。二人きりで」
独占欲に満ちたスタヴロスの目が光り、テサはど
きりとした。決意が揺らぎ、彼に手を伸ばしたい衝

動がどんどん強くなっていく。

「お父さんにきいたの？」やさしい彼が裏切ったなんて。取り乱したテサが助けを求めて訪ねたとき、ヴァシリスは娘を思う父親のように心配してくれた。

スタヴロスは首を振った。「父は、君がアテネにいると信じさせようとしたよ。実の息子より、君の味方をしたのさ」重い沈黙が流れ、テサの混乱した頭にもヴァシリスが自分を守ってくれたことがわかった。「父がなにか隠しているのには気づいていたが、まさか君だとは思わなかったよ」スタヴロスの手が伸びてきたが、テサは身を引いた。今は触れられたくない。やっと別れる勇気を振り絞ったのだ。

スタヴロスの表情が険しくなった。彼がごくりと唾《つば》をのむと、喉の筋肉が動くのがはっきりと見えた。

「フェリーと漁船と飛行機をすべて調べて、君がまだ島にいると気づいたんだ」彼は白い歯をのぞかせてうわべだけの笑みを浮かべた。「わかっていれば、もっと早くさがし出していたよ。それでも部下にはアテネにあるホテルを調べさせてから、父の家に侵入させるつもりだった」

テサは目を見開いた。アテネのホテルをさがすすって？　市街には何百もホテルがあるのに。

「ペンダントは取っていないわ」テサは急いで言った。彼が大規模な捜索を行った理由はそれだ。「机に置いて――」

「知っている」スタヴロスのきらめく瞳が激しく野性的な色をおびた。「僕がどれだけ必死だったかわかるかい？　君が安全だろうか、一人でトラブルに巻きこまれていないだろうかと心配していたんだ」

冗談でしょう？　南米であんな目にあったのだから、フェリーでアテネに渡るなどわけない。

「自分のことくらい――」

「危険に飛びこんでいくようなものだ！」

「ばか言わないで。自分の面倒くらい自分で見られるわ」テサは身を乗り出した。「私は飢餓と内戦の中で四年間を過ごしたのよ。大使館に行くくらいできるわ」

スタヴロスは唇の片方だけをゆがめ、楽しむような表情を浮かべた。それとも苦しんでいるのだろうか？

「君は自分がどれだけ美しいかわかっているのか、テサ？　僕は君が欲しくてたまらない。君が必要なんだ」かすかな笑みが消え、テサが見たこともないまじめな顔つきに変わる。

その表情と言葉に、テサは衝撃を覚えた。

「やめて……」一度は逃げ出す勇気を振り絞った。でも彼の口からそんな言葉を聞き、あからさまな欲望を顔に浮かべられては……。いいえ、自分をふるいたたせ、プライドにかけても一人で人生をやり直すのよ。

「本気なんだ、テサ。今まで出会ったどんな女性よりも、君が必要なんだ。君なしでは息もできない。一緒にいないと、ここが痛むんだよ」スタヴロスは手を強く胸に押しあてた。

その苦悶《くもん》の表情に心がぐらりと揺れ動き、テサは身を乗り出して両手を広げた。「やめて！」スタヴロスの胸に触れる前に、はっと我に返る。こみあげる怒りが彼をなぐさめたい本能とぶつかり合っていた。「私なんて必要ないでしょう？　あなたは誰も必要としていないのよ」

手を下ろすテサを、スタヴロスは厳しい顔で見つめた。「僕の言葉には説得力があっただろう、テサ？　自分でもそう思った。だが、信じてもらえないならしかたがないな」

スタヴロスは大きく温かい手でテサの手を包みこみ、胸の上に持っていった。てのひらに彼の不規則な鼓動を感じ、テサは目を見開いた。

「君のせいでこうなっているんだ。愚かだとは思うが」スタヴロスはテサを見つめた。その目に傲慢《ごうまん》さはもはやなく、あるのは痛みと不安だけだった。

「こんなに怖いのは初めてだよ」彼の低い声は震えていた。「テサ、君は許してくれないんだろうか?」スタヴロスが大きく息を吸い、握り合った二人の手が上下する。彼と同じくらい、テサも胸がどきどきしていた。

「わからないわ」押し寄せる強い感情にとまどい、テサはうわの空で答えた。「私はただ、家に帰りたいだけなの」子供のように泣き叫んでしまいそうで唇を噛《か》む。

「愛してる、テサ。それだけはわかってくれ」スタヴロスは新たな涙に濡《ぬ》れたテサの頬を親指でぬぐった。「泣かないでくれ、テサ」それは命令ではなく懇願で、テサはさらに涙がこみあげた。

「あなたは私を愛してない」そんなはずはない。

「あなたは愛など信じていない。信じているなら、婚約者を妻にしているはずよ」数週間前まで、彼には結婚するつもりだった女性がいた。そう考えただけで、テサは胸を刺す痛みに襲われた。

「アンジェラだって?」スタヴロスは目をまるくした。「違う。彼女のことは愛してなかった。あれは……政略結婚だ。彼女は申し分ない候補に思えたんだ」いらだたしそうに髪をかきむしった。「本物の愛を理解する前のことだよ」

「嘘《うそ》はつかないで! つらすぎるから」テサは顔をそむけようとしたが、スタヴロスにとめられた。彼女に逃れる力はもはやなかった。「お父さんから私の気持ちを聞いたからって利用するのはずるいわ」

「父はなにも話していないさ、ダーリン。君が僕と距離をおきたがっていると教えてくれただけだ」テサは驚いたが、スタヴロスの目は真実を語っていた。

「父は僕を愚か者だと叱りつけるのに忙しくて、ほかになにか伝えるどころじゃなかったんだ」

スタヴロスが一呼吸おき、テサはごくりと唾をのむ彼の喉の動きをじっと見つめた。彼の手に力がこもった。

「君が出ていったと知ったとき、僕は打ちのめされた。そして初めて、失ったものに気づいた。そんな思いをしなければ、君をどう思っているか確かめられなかったんだ」

「あなたがどう思っているかは知っているわ」テサは苦々しい声でささやいた。「私は便利な妻。来客をもてなし、ベッドを温め、子供を産むのに最適な女なんでしょう？」

「やめろ！」あまりの声の大きさにテサはたじろいだが、体を引くことはできなかった。スタヴロスがやさしくしっかりとテサをつかんでいたからだ。

「やめてくれ」今度はかすれたささやき声だった。

「僕は愚かで間抜けな男だった。先入観にとらわれ、真実から目をそらしていた、血の気の多いろくでなしだ」

相次ぐ感情の波に神経が張りつめていても、テサはその言葉に思わずにっこりした。「それ以上うまく言いようがないわね」

一瞬スタヴロスは楽しそうに目を輝かせたが、すぐに険しい顔に戻った。鋼のように硬い表情を浮かべている。「君にはもっとひどい言い方をする権利がある。僕はひどいふるまいをした。心から謝りたい」

スタヴロスに頬を撫でられ、テサは目を閉じてこみあげてくる熱い失望をのみこんだ。「謝らないで。もう終わったことよ」これ以上彼の謝罪を聞いていられない。ひどすぎる。スタヴロスは私を追いかけてきて深く悔いているけれど、なにも変わらない。ただ、彼が私の気持ちに気づいただけだ。

「終わってなどいないよ、テサ。わからないか？愛してるんだ」ふいにスタヴロスの唇がテサの唇にやさしく触れた。「愛してる、テサ。サガポ」力強く強靭《きょうじん》でいて驚くほどやさしい彼の手がテサの顔を上に向かせ、髪を指ですく。

喜びが全身を駆けめぐり、暗闇《くらやみ》に光が差した気がした。それでもテサの理性は、スタヴロスの言葉をうのみにできずにいた。

彼はテサの喉に唇を押しあて、せがむように小さなキスの雨を降らせた。「僕たちの関係に終わりはないんだ、テサ。今君がここを出てアテネに渡りシドニーへ飛ぼうと、僕は追いかける。君の行くところに僕も行く。僕の人生から君が去るのは耐えられない」

スタヴロスの両手が円を描くように背中を撫で、テサは彼の腕の中に身を任せた。

「本当に?」頭がどうかしてしまったようだ。スタヴロスにひしと抱きしめられ、聞きたかった言葉を耳にしているのだから当然かもしれない。

「目を開けてくれ、テサ」

いやよ! 目を開けたら、すばらしい空想が終わってしまう。現実であるはずがないもの。

「目を開けるんだ、テサ。僕を見てほしい」

テサはしぶしぶ薄目を開けたが、スタヴロスの顔を見たとたん驚いた。彼はやつれ、苦悩に満ちた顔をしていた。眉間《みけん》に深いしわを寄せ、口を引き結び、目には絶望の色を浮かべている。

「君を熱烈に愛してる。君のいない人生など考えられない」スタヴロスがぎごちなく息を吸うと、テサは初めて彼の手が震えていることに気づいた。彼は本気なの? 「ロマンチックな恋愛など愚か者の空想だと思っていた。しっかりした結婚生活の基盤となるのは……」彼が言葉を失う。

「理屈」テサが言った。「理屈と慎重な計画が結婚の基盤だと思っていたのね」

スタヴロスはうなずいた。「君に対する思いが、ただの欲望よりはるかに強いものだとは気づかなかった。君が出ていって初めて……自分のしたことに気づいたよ」彼はテサをぎゅっと抱き寄せた。「天国にいるような気分だと、彼女は思った。「あんなひどい仕打ちをしておいて、もう一度チャンスをもらえるとは思っていない。でも、君がいないと僕は完全じゃないんだ。だから必要ならオーストラリアまで君を追いかけて、きちんと求愛するつもりだ。君にふさわしい方法で」

「その必要はないわ」テサはささやいた。涙で視界がかすむ。

「必要あるとも。ああ、また君を泣かせてしまった！　幸せにしたいのに。家族がいると聞いたら喜ぶと思って、君の祖父母までさがし出したんだよ」

「私の祖父母？」テサは頭を振った。あまりのことに、うまく理解できない。

スタヴロスはうなずいた。「捜索結果が出たばかりなんだ。君のお母さんのご両親はまだ健在で、南オーストラリアの読み方のわからない町に住んでいる。伯父さんが二人と叔母さんが一人、それにいとこが少なくとも十二人はいるはずだ」

いとこですって？　私にいとこがいたの？

「頃合《ころあい》を見て、オーストラリア行きの航空券をとろう。君も会いに行きたいだろう？」

テサは傲慢だがいとしい男性の顔を見つめた。ふと、混乱が嘘のように晴れた。「あなたも一緒にね」

スタヴロスの体が衝撃を受けたようにこわばった。心臓の打つ音だけが、テサのてのひらに伝わる。

「一緒に行ってくれるでしょう？」

「僕を許してくれるのか？」彼は、テサがほんの数分前に思っていたのと同じ言葉を口にした。

テサはスタヴロスの顎に手をやった。熱い瞳が彼女をじっと見つめる。不規則な呼吸が顔にかかった。

「私はあなたを愛してるもの、スタヴロス。許すに決まっているでしょう」

それから数分間はよく覚えていない。スタヴロスがいつものように情熱的な口づけをしたので、目のくらむような感覚に襲われたのだ。だが、今回はなにかが違った。強く、純粋で、言葉に表せないほど穏やかなものを感じた。

愛だ。

二人はやっとのことで唇を離した。テサはスタヴロスの胸に寄り添いながらため息をもらし、自分を包みこむ彼のやさしさを堪能《たんのう》した。

「君は寛大な女性だ、ダーリン。とても寛大だ」

スタヴロスの腕というやっと帰るべきところを見つけたうれしさに、テサは笑みを浮かべた。新たに親戚《しんせき》が見つかったというニュースなどどうでもよかった。ただ、この特別な男性の愛さえあればいい。

「でも、あなたは大変だと思うわ」

テサの脅しに、スタヴロスは胸の奥底から笑い声をあげた。「なんとかするさ、スイートハート。君がいてくれればね。君のいる人生が大変なことは、とっくにわかっている」彼がわざと体を押しつけると、明らかな変化が感じ取れた。

テサは笑いをこらえようとしたが、幸せすぎて失敗した。「考えていることがあるの。私、大学で勉強したいわ」

スタヴロスはうなずいた。「お好きなように」

「そして、資格が取れたらできれば働きたい。忙しくなければだけど――」

「家族の世話があるからね」スタヴロスの声は明らかに満足げだった。「心配するな、テサ。君を家に縛りつけたりはしない」彼の手がテサのヒップをなぞり、腰でとまった。「少しくらいは僕と過ごしてもらうように説得するけれどね。仕事はもっと部下に任せることにしたから」

夫ともっと一緒に過ごせるなんて、天国に来たみたい。「使いきれないほどのお小づかいはいらないわ」テサはつけ加えた。結婚すれば気前のいい額の小づかいをやると軽蔑《けいべつ》するように言われたことが、まだ引っかかっていた。

「もちろんだ。決まりだね。君が署名した書類はもう破いて捨てた」スタヴロスは少し離れ、テサを見つめた。その瞳は温かく愛情にあふれている。「僕のものは君のものだ、テサ。僕の財産の半分は君のものだよ」

テサは目をまるくした。彼は本気で言っている。

「そういう意味じゃ……私は別に――」

「わかっているよ、スイートハート。だから、話し合いは終わりだ。たかが金だからね」

たかがお金ですって。彼はヨーロッパでいちばんのお金持ちなのに。「スタヴロス、私――」

「つべこべ言わないでくれ、ダーリン。もう決めたんだ」スタヴロスの手がテサのTシャツの裾《すそ》まで下りていったかと思うと、今度はむき出しの太腿をすべるようにのぼっていき、彼女は息をのんだ。「ほかの事柄に関しては交渉に応じるが」

満面に笑みを浮かべ、瞳にやさしい情熱をたたえたスタヴロスを見て、テサは心を躍らせた。私は彼のもので、彼は私のもの。これ以上必要なことなどあるだろうか？

手がさらに上をめざし、テサは息ができなくなった。スタヴロスはなにもかも知りつくした顔をしている。でも、私にだって彼と同じくらい交渉力があることを知らせなければ。テサはスタヴロスの服の中に手をすべりこませ、彼が驚いて体をこわばらせるのをおおいに楽しんだ。「私、あなたの意見を引っくり返せるかしら？」彼女はささやいた。

「できるかもしれないな」テサが胸に指を這《は》わせると、スタヴロスは苦しげな笑みを浮かべた。「君の言い分を詳しく述べてもらおうか。一つ残らずね」

至福への招待状
2008年11月20日発行

| | |
|---|---|
| 著　　者 | アニー・ウエスト |
| 訳　　者 | 小泉まや（こいずみ　まや） |
| 発 行 人 | ベリンダ・ホブス |
| 発 行 所 | 株式会社ハーレクイン<br>東京都千代田区内神田 1-14-6<br>電話 03-3292-8091（営業）<br>03-3292-8457（読者サービス係） |
| 印刷・製本 | 凸版印刷株式会社<br>東京都板橋区志村 1-11-1 |
| 編集協力 | 株式会社風日舎 |



ISBN978-4-596-12341-1 C0297

# 聖夜の奇跡を信じる すべての人へ。

**人気作家ペニー・ジョーダンら4人の競演による、時代を超えたクリスマス・ストーリー。**

『クリスマス・ストーリー2008 聖夜の贈り物』

「旅路の果てに」ペニー・ジョーダン
「愛に救われて」ヘレン・ブルックス
「診療所の天使」キャロル・ウッド
「大尉の花嫁」ミランダ・ジャレット

X-26　**12月5日発売**

---

**★ひと足先に発売されたクリスマス・ストーリー2冊にも注目!**
**どちらも人気作家陣による名作を収録しました。**

『クリスマス・ストーリー2008 天使が微笑んだら』X-24　**好評発売中**
デビー・マッコーマー／アン・スチュアート／マギー・シェイン／ジュディス・アーノルド

『クリスマス・ストーリー2008 愛と絆の季節』X-25　**好評発売中**
キャロル・モーティマー／ルーシー・ゴードン／アンナ・デパロー／ニコラ・コーニック

---

## S.ブラウンに“表紙に名前があるだけで読みたくなる”と言わせたアン・メイジャーの2作品

テキサスの大牧場主ケンブル家の愛とスキャンダルを描いた長編。

★1『忘れられなかった恋人』DX-9 **12月5日発売**
父危篤の知らせをもってきたのは、かつての恋人。しかし彼は事故で過去の記憶を失っていた!
●ハーレクイン・ディザイア・エクストラ

★2『窓辺の戯れ』D-1259 **12月5日発売**
惹かれあうままパリで愛し合った男女。しかし相手の素性を知ったとき……。
●ハーレクイン・ディザイア

---

## ハイディ・ベッツ作　王子様との条件付きロマンス

初対面でベッドに誘った無礼な男。彼が実は王子だったなんて。

『プリンスがいた季節』

●ハーレクイン・ディザイア　D-1257　**12月5日発売**

# 12月5日の新刊発売日11月28日

※地域および流通の都合により変更になる場合があります。

## ピュアな思いに満たされる　ハーレクイン・イマージュ

| | | |
|---|---|---|
| 遠ざかる愛 | ジェニー・アダムズ／伊坂奈々 訳 | I-1979 |
| サンタはだれ？ | ジュディ・クリスンベリ／山本みと 訳 | I-1980 |
| 最高の聖夜 | カーラ・コールター／藤森玲香 訳 | I-1981 |
| 小さな奇跡の物語 | バーバラ・マクマーン／南　和子 訳 | I-1982 |
| 忘れがたき面影 | ♥ベティ・ニールズ／加納三由季 訳 | I-1983 |
| 砂の魔法 | メレディス・ウェバー／三浦万里 訳 | I-1984 |

## 別の時代、別の世界へ　ハーレクイン・ヒストリカル

| | | |
|---|---|---|
| 禁じられた初恋 | シルヴィア・アンドルー／古沢絵里 訳 | HS-344 |
| 一度だけの誘惑 | ヘレン・ディクソン／飯原裕美 訳 | HS-345 |
| 聖夜に愛して | ♥アン・ヘリス／高田ゆう 訳 | HS-346 |

## この情熱は止められない！　ハーレクイン・ディザイア

| | | |
|---|---|---|
| プリンスがいた季節 | ハイディ・ベッツ／美琴あまね 訳 | D-1257 |
| セカンド・ウエディング | アネット・ブロードリック／岡本　香 訳 | D-1258 |
| 窓辺の戯れ | ♥アン・メイジャー／竹内　喜 訳 | D-1259 |
| 白ワインは罪の味（マイアミで愛してVI） | キャサリン・マン／森山りつ子 訳 | D-1260 |
| 一夜の恋は永遠に | ケイト・ハーディ／雨宮幸子 訳 | D-1261 |
| 悪夢から目覚めて | ♥スーザン・カーニー／仁嶋いずる 訳 | D-1262 |
| 始まりはミステリー | ハイディ・ライス／北園えりか 訳 | D-1263 |
| 恋するサンタクロース | | D-1264 |
| 天使と悪魔の夜 | ジャネール・デニソン／青木れいな 訳 | |
| 赤いレースの誘惑 | イザベル・シャープ／青木れいな 訳 | |
| やどりぎの奇跡 | ジェニファー・ラブレク／青木れいな 訳 | |

## 永遠のラブストーリー　ハーレクイン・クラシックス

| | | |
|---|---|---|
| こわれかけた愛 | ヘレン・ビアンチン／萩原ちさと 訳 | C-766 |
| 許されぬ結婚 | ヘレン・ブルックス／平江まゆみ 訳 | C-767 |
| キャンドルを消す前に | デイ・ラクレア／真咲理央 訳 | C-768 |
| パールの輝き | マーガレット・ウェイ／原　淳子 訳 | C-769 |

## エクストラ＆クリスマス・ストーリー

| | | |
|---|---|---|
| 忘れられなかった恋人 | アン・メイジャー／西江璃子 訳 | DX-9 |
| 聖夜の贈り物 | | X-26 |
| 旅路の果てに | ペニー・ジョーダン／高田ゆう 訳 | |
| 愛に救われて | ヘレン・ブルックス／高田ゆう 訳 | |
| 診療所の天使 | キャロル・ウッド／高田ゆう 訳 | |
| 大尉の花嫁 | ミランダ・ジャレット／高田ゆう 訳 | |

クーポンを集めて
キャンペーンに参加しよう！

「10枚集めて
応募しよう！」
キャンペーン用
クーポン

10枚
2008
11月刊行

♥マークは、今月のおすすめ